마음을 듣고 위로를 연주합니다

구수정 지음

마음을 듣고 위로를 연주합니다

악기로 마음을 두드리는 음악 치료사의 기록

차례

'너 아니면 안 돼'라는 말

몇 해 전, 기업 연수 음악치료 프로그램을 마치고 나오는 길이었다. 담당자가 내게 명함이 있는지 물었다. "명함 없습니다. 언제 그만둘지 몰라서요"라고 차마 말하지는 못했다. 명함은 한낱 자그마한 종이이지만 직업과 소속, 직책 등 자신의 사회적 위치를 드러내는 도구다. 명함을 파는 건 빼도 박도 못하게 직업이 내가 되고 내가 그 직업이 되는, 직업에 대한 책임감과 사명감을 떠안는 행위다. 나는 부끄럽게도 '언제까지 할 수 있을까?'란 고민과 함께 음악치료사로 살아왔다. 그런데 명함을 달라니, 순간 어떤 기시감이 들었다.

내가 처음 명함을 만든 건 대학교 3학년 때다. 그때부터 음악, 더 정확히 말하자면 악기 연주로 돈을 벌었다. 연주를 하고 돈을 받는다는 건 연습실에서 연습하는 것과는 차원이 다른 일이었다(아, 물론 레슨으로도 돈을 벌 수는 있겠지만). 무대에서 내 이름을 건, 직업인으로서의 경제 행위니까. 내가 꼬꼬마 때부터 연마해 온 그 기술로 말이다. 세션을 뛰게 되자 명함을 요구하는 관계자가 생겼고, 그래서 명함을 팠고, 연주 자료를 모으기 위해 개인 홈페이지를 만들었다. 내 첫 명함은 학교 로고가 박힌 것이다. 다음으로는 팀 이름이 새겨진 명함이었고, 그다음에는 악기 이름과 내 이름만 있는 명함이었다. 참 이상했다. 난 그다지 잘하지도 않는 것 같은데 어찌저찌 공연이 끊이지 않았다. 신기하게도 그 명함으로 연결 그리고 또 연결이 되어 일이 굴러가고 있었다. 그때 아주 잠깐 생각했다. 이게 천직인가?

사실 음악치료라는 걸 간절히 하고 싶어서 시작하게 된 건 아니다. 10년 전, 내 손에 이상이 생긴 걸 처음 느꼈다. 그러나 예정된 공연들을 멈출 수 없었다. 세 번째 박사 과정 독주회를 겨우 마친 후 병원으로 향했고, 의사는 내게 '국소이긴장증'이라는 병명을 던졌다. 그러니까 그게 부분적으로 이상하게 긴장하는 증세가 있는데 원인은 알 수 없으며 현재의 의학 기술로는 고쳐지지 않는다는 것이다.

내게 왜 이런 일이… 하필 이 타이밍에 말이다. '영 아티스트'에 선정되어 2년간 국가에서 지원받기로 약속되었고, 개인 음반을 준비하고 있었으며, 유럽 투어를 계획 중이었다. 해외 레지던스 입주작가로 선정되어 비행 스케줄도 짜야 하고, 추천받아 들어간 팀에서 큰 연주를 준비하면서 솔로 아티스트로서 이제 막 첫발을 내딛으려 하고 있었다. 난 그저 열심히 했는데, 왜 이런 일이 내게 생긴 걸까. 올림픽 직전 어이없이 부상당한 운동선수처럼 상실감과 분노가 터져나왔다.

나는 단지 낙오자가 되지 않으려 발버둥쳤을 뿐이다. 경주마처럼 목표 이외의 일들은 모두 지운 채 정면만 주시했다. 다리가 부러진 줄도 모르고, 발톱이 빠지고 살이 곪은 줄도 모르고 질질 끌면서 결승선을 향해 질주했다. 등산을 100미터 단거리 선수처럼 매 순간 힘을 다해 달렸다. 경주마의 최후가 어떤지 그땐 몰랐다.

온종일 울었다. 아침에 눈뜨자마자 울었고, 세수하면서도 울었고, 밥 먹으면서도 울었다. TV를 보면서도 고장 난 수도꼭지처럼 눈물이 흘렀다. 연습 후 휴식을 취하던 흔들의자에 시체처럼 늘어져 해가 뜰 때부터 질 때까지 멍 때리던 적도 있었다. 배도 고프지 않았고, 잠도 오지 않았다. 모든 시간이 멈췄고 모든 것은 망가졌다. 견고한 것만 같던 유리성이 바닥에 내던져져 와장창 깨진 기분이었다. 어디서부터 이어가야 할지, 누구에게 화내야 할지도 몰랐다. 섭외를 제안하는 전화에 "미안합니다"라는 말만 반복했다. 친구는 나의 잠적이 걱정되어 현관 문고리에 죽을 걸어놓고 가곤 했다. 유학 중이던 당시 남자친구는 내가 나쁜 마음을 먹을까 봐 틈날 때마다 전화했지만, "괜찮다"고 말하는 나는 전혀 괜찮지 않았다. 그들이 숨어드는 나를 자꾸 꺼내려 할수록 나는 더 숨고 싶었다. 지금 와서 생각해 보면 그때 공허한 우울감에 빠져있었던 것 같다.

그 이후는 사실 잘 기억나지 않는다. 다행히 그 남자와 결혼을 했고, 그럭저럭 가끔 웃고 종종 울며 살아냈다. 문득문득 '내가 사는 이유는 무엇일까? 나는 음악 없는 내 미래를 생각해 본 적도 없는데. 나는 실패했나? 나는 이제 여기서 끝인가'라는 생각이 들었다. 하지만 이대로 죽을 순 없었다. 나의 쓸모를 증명하고 싶었다. 용기를 내어

강제로 종료된 전원 버튼을 켜고, 다시 인생을 계획해야만 했다.

'돈을 벌자!'고 마음먹었다. 음악 말고 내가 할 수 있는 일이 무엇일지 몇날 며칠 고민했다. 음악 따위는 하고 싶지 않았다. 그런데 스물아홉 먹고 구직은커녕 정말 할 수 있는 일이 아무것도 없었다. 심지어 사소한 취미조차 없었다. '그래, 글 쓰는 일을 해볼까?' 글을 쓰려면 포트폴리오가 있어야 한다는 생각에 쓰고, 또 썼다. 어느 정도 글이 쌓이자 나는 여기저기 공모를 내고, 잡지사에 이력서도 냈다. 그러나 언제나 결과는 최종 탈락이었다. 감사히도 면접장에서 왜 떨어졌는지 친절하게 알려준 분이 있었다. 포트폴리오는 탐나지만 나는 '음대 나오고 언제 애 가질지 몰라 금방 그만두게 될 가임기 기혼 여성'이라는 이유여서였다. 막내 작가로 쓰기에도 나이가 좀 많고. 그래, 이유를 대놓고 얘기해 줘서 한편으론 속시원했다.

그러던 중 나를 안타깝게 지켜보던 시어머니가 음악치료사라는 직업을 추천해 주었다. 지금까지 했던 음악도 아깝고, 그냥 뭐 하는 곳인지 가볍게 다녀보라며 등록금 봉투를 건네주셨다. 그러나 나는 호의를 있는 그대로 받지 못하는 수줍은 인간이었고, 마침 가족여행을 간다기에

거기에 보태 쓰라고 봉투를 남편에게 다시 건넸다. 시어머니에게 너무 감사했지만, 내가 너무 밑바닥이라 누구에게도 빚지고 싶지 않은 마음이 있었다. 그저 생각해 주신 것만으로도 충분했다.

남편은 내게 음악 빼면 '고졸'이라고 농담 반 진담 반 다녀보라 지지해 주었다. 맞는 말이다. 내가 20여 년 동안 꿈을 이루기 위해 박사 과정까지 밟은 게 모두 무용지물이 되었으니까. 연습으로 24시간이 꽉 찼던 내게 이걸 빼니 갑자기 너무 많은 시간이 덩그러니 남았다. 뭐라도 하며 시간을 보내야 했다. 그렇게 가볍게 시작된 일이다. 공부한 후에 1년 정도 무보수로 임상 실습을 했다.

의외로 일은 술술 잘 풀렸다. 너무 잘 풀려서 걱정될 정도였다. 임상 실습에서 나를 좋게 본 간호사 선생님이 다른 세션을 추천했고, 여기저기서 나를 찾았다. 보수를 받게 되고, 보는 면접마다 합격했다. 나는 그저 보이는 대로 대처했을 뿐인데 나를 만나는 사람들은 변화했고, 밝아졌으며, 속내를 꺼내기 시작했다. 아이러니하게도 그럴수록 불안했다. 나는 그리 노력하지 않았는데, 예전처럼 그렇게 최선을 다하지 않았는데, 내가 성취하지 않은 포상인 것 같아 죄책감이 들었다.

어쨌든 이런 과정 속에서 나는 여전히 음악치료사로 살며 생계를 유지한다. 대학에서 직업 관련 특강도 한다. 다시, 음악으로 돌아온 것이다. 그런데도 직업을 음악치료사라고 소개하기는 여전히 겸연쩍다. 왜 그런지는 잘 모르겠다. 명함을 달라던 그분은 주차장까지 배웅하며 넉넉한 주차권과 자신의 명함을 내 손에 쥐어줬다. 그 순간 알았다. 아, 음악치료사라는 직업 역시 당분간 이렇게 굴러가겠구나.

그렇게 나는 스스로를 증명했을까? 그토록 원하던, 내가 사는 이유를 찾은 걸까? 꿈을 이루지 못하고 다른 일을 하게 된 나는 실패한 것일까? 열심히 하다 상처받기도, 다시 도전하기도 여전히 어렵고 두려운 일이다. 이제 나는 어떻게 흘러갈까?

10년 전 그때가 떠오른다. 오스트리아 투어를 앞두고 있던 그때, 손 상태가 좋지 않은 연주자를 누가 좋아할지 오만 가지 생각이 들었다. 고민 끝에 다른 연주자를 추천하며 현지 멤버들에게 왼손의 상태를 고백했을 때, 그들은 아무렇지 않게 얘기했다.

"그런 건 전혀 문제되지 않아. 우리는 네가 함께하는 걸 원해. 네가 할 수 있는 만큼만 하면 돼. 기다리고 있을게."

'너 아니면 안 돼'라는 그 말이 내 심장을 뻥 뚫었다. 자존감을 높이는 그 말, 너는 특별한 존재이자 하나밖에 없는 유일한 사람이라는 말.

한때 내 이름 대신 악기 이름으로 불리던 때가 있었다. 나도 언젠가 대체할 수 있는 인물이라는 사실을 느꼈을 때, 서글프면서도 고됐다. 그런데 누군가 내 음악을 사랑해 주거나, 나의 특별함을 알아주는 팬이 생겼을 때, 혹은 잘 맞는 동료와 함께할 때 조금씩 음악에 대한 용기를 얻었다. 그 순간이 그랬다. 있는 그대로를 인정받았을 때, 음악이 가진 치유의 힘을 느꼈다. 신은 내가 할 수 있을 만큼 기회를 주었고, 음악은 그저 현재의 나를 잘 드러내는 도구일 뿐이라는 걸 깨달았다. 거기에서 나는 내가 되었다.

음악치료사가 되었어도 여전히 음악은 완성되지 못한 나의 언어다. 위태로워 보이지만 완전히 다른 방식으로 나는 제법 아장아장 걸어왔고 그렇게 다시 음악을 해왔다. 내 생애를 전부 걸었던 음악은 나를 치유했고, 결국 음악으로 타인을 토닥토닥 어루만지는 직업을 갖게 되었다. 나의 음악적 경험들은 허투루 쓰이지 않았다. 그리고 이 경험을 함께 나누고 싶었다. 완벽하지 않아도 좋다. 존재 자체로도 당신은 특별하니까. 그 모습 그대로 그게 당신의 마음을 움직였으면 그걸로 되었다. 우리 만남은 운명이다. 캄캄한 구석, 축축하게 젖은 마음들을 정성스레 꺼내 따스한 볕에 쬐기 위해, 나는 오늘도 큰 트렁크에 요란스레 악기들을 챙긴다. 나의 위로가 당신의 위안이, 당신의 위안이 나의 위로가 된다. 그렇게 우리는 음악으로 도닥도닥 하루를 보낸다.

* 이 책에 등장하는 인물들의 이름은 개인정보보호를 위해 일부 가명으로 기재했음을 밝힙니다.

1장

음악으로 사람을
다독이는 일

음악으로
치료가 돼요?

음악치료 공부를 시작한 지 얼마 안 되었을 때다. 미용실에서 머리를 감겨주던 미용사가 물었다. 그는 내가 하고 있다는 음악치료와 음악치료사라는 직업이 생소한 듯 질문을 쏟아냈다.

"그런데 음악으로 치료가 돼요? 음악을 듣는다고 상처가 낫는 건 아니잖아요."

실은 나도 같은 의문을 품었다. 한평생 음악을 해온 나도 이 공부를 시작하기 전에는 아무것도 몰랐다.

"음악으로 치료가 된다니. 아니, 어떻게? 왜?"

한참 음악치료의 재미에 폭 빠진 나는 아이처럼 천진하

게 묻는 그에게 내가 가진 지식을 총동원해서 답을 주려 애썼다. 그런데 얄팍한 지식으로 답하려니 말에 구멍이 났다.

"음… 베인 살을 아물게 하거나 암을 낫게 할 수는 없죠. 음악치료는 통증을 완화해 주는 완화 의료예요. 병원에서 진단할 수 없는, 통증이 있지만 겉으로 드러나지 않는 고통이나 아픈 마음, 내면의 해결되지 않은 과제와 억압, 보이지 않는 마음의 병을 회복하는 게 목표죠."

"그럼 치과에서 나오는 음악 같은 거예요?"

"음, 그건 음악 요법에 가까워요. 잔잔한 음악으로 불안감을 좀 덜어내는."

"아… 그래요?"

음악으로 치료가 되냐는 질문은 내가 음악치료를 시작한 이후 가장 많이 받는 질문이다. 음악치료사라는 직업을 이해시키려면 음악치료가 어떤 건지 알려주어야 했다. 거창하게 프로이트와 아들러의 심리학 이론을 들이대며 한참을 설명해 본다. 그러면 사람들의 반응은 얼어붙는다. '그래서 어떻게 한다는 거야?' 상대방의 머릿속에 물음표가 뭉게뭉게 떠오르는 게 느껴진다. 몇 마디 말로 이해시키긴 참 어렵다. 초짜는 이렇게 땀이 삐질 난다.

그도 그럴 게 음악치료는 음악적 지식으로만 되는 것이 아니라 심리학과 상담 기술, 조금의 의학 지식이 필요한 융합 학문이다. 음악은 상담 도구에 가깝다. 게다가 정신과 상담을 받아보지 못한 사람이나 임상 현장을 모르면 상상하기 어렵다. 일생 동안 한 번도 경험하지 못했을 상황이기 때문이다. 물론 나도 음악치료사가 되지 않았다면 그랬을 것이다.

또한 이론과 실전이 완전히 일치하란 법은 없다. 아무리 공부를 잘해도 임상에서 순간적인 판단을 잘못해 버리면 치료는 완전히 틀어진다. 상황에 대한 빠른 판단과 센스 있는 대처가 필요하다. 이론과 실전의 균형을 잘 이루어야 하는 게 음악치료다. 음악도 그렇지 않은가. '블랙핑크'의 노래 주제나 음과 구성에 관해 설명하는 대신, 한 번 듣는 게 더 빠르지 않나. 그 현장을 경험하지 못한다면 음악치료도, 음악치료사라는 직업도 몇 마디 말로 이해시키기란 어렵다.

그래도 우리는 이미 음악이 가진 치유의 힘을 알고 있다. 영국의 극작가 콩그리브는 "음악이 야만인의 가슴을 쓰다듬고, 돌을 무르게 하며, 옹이 진 나무를 휘게 하는 매력을 지녔다"고 했다. 이 얼마나 강력한 주문인가. 누

구나 살면서 한 번은 음악이 온 정신을 흔들어 놓은 경험
이 있을 것이다. 연인과 헤어진 뒤 무심코 들은 노래에 감
정이 이입되어 주책맞게 눈물이 흐르던 경험, 스트레스를
확 받을 때 큰 소리로 음악을 틀어놓고 방방 뛰며 소리지
른 기억, 야구장에서 홈런을 기원하며 한마음으로 부르던
응원가, 길에서 흘러나오는 트로트에 떠오른 엄마 생각,
내 가수 콘서트 가려고 몇날 며칠 밤을 설레던 일…. 모두
음악과 밀착한 우리의 경험이 있다. 음악은 그만큼 강력
한 존재다.

　근대적 개념의 음악치료 시작은 제2차 세계대전 이후라
고 한다. 전쟁으로 인해 모든 것이 부서지고 폐허가 되었
을 때, 미국에서는 부상 군인들을 위로하기 위해 병원에
서 음악인들이 연주를 시작했다. 그런데 환자들이 음악으
로 잠시나마 마음의 안정을 되찾자 산발적으로 예상치 못
한 긍정적 효과를 맞이하게 됐다. 고통으로 일그러진 얼
굴이 밝아졌고, 생각보다 빨리 상처가 아물었다. 이런 음
악의 치료적 특성에 대한 연구가 근대 음악치료 이론의
토대가 된 것이다.

　음악치료는 그보다 좀 더 적극적인 행위다. 음악을 매
개로 당신의 부정적 상태를 긍정적으로 바꾼다. 음악치료

사는 내가 가진 문제 해결을 위해, 또는 건강 회복을 목표한 계획하에 음악치료를 진행한다. 외상후스트레스장애로 매일 밤잠을 못 자는 사람은 잠이 들게 하는 게 목표다. 단체 생활에 어려움을 느끼는 사람은 마음의 불편함을 내려놓게 하는 게 첫 번째다. 큰 수술을 앞둔 이는 음악으로 불안을 덜어주고, 발달장애 아이에게는 음악을 통한 훈련으로 자립할 수 있는 일상을 늘려주는 게 목표다. 목표가 달성되면 치료가 성공한 것이다. 음악을 잘하는게 목적이 아니라 음악으로 얼마나 내면의 이야기를 끌어내었는가, 행동에 긍정적 변화를 주었느냐에 집중한다.

음악치료에서 치료를 받는 사람을 '내담자'라고 한다. 처음엔 이 말이 어찌나 어색하던지. 치료 프로그램 중 하나로 온 비자발적 내담자들은 환자라고 불리는 걸 싫어하는 경우가 있다. 아니 거부한다는 표현이 옳겠다. 더구나 본인이 아프다고 인식하지 못하는 경우가 많아, "나는 정상인데 왜 환자냐고 하느냐"고 한다. 그래서 우리는 그들을 존중하는 의미로 의뢰인이라는 뜻의 '클라이언트 (client)', 또는 내담자라 부른다.

이렇게 자신을 방어하며 방패로 튕겨내는 내담자들에게 음악치료사들은 어떻게 다가갈까. 이솝 우화에서 햇님과 구름의 내기를 기억하는지. 햇님과 구름은 지나가던 나그네의 코트를 벗기는 내기를 한다. 구름은 강한 바람을 불어 나그네의 코트를 벗겨보려 하지만 쉽지 않다. 그럴수록 나그네는 코트를 움켜쥐었기 때문이다. 햇님은 따뜻한 햇살로 나그네 스스로 코트를 벗게 해서 내기에서 이긴다. 음악치료에서 음악은 햇살과 같다.

심리 상담에서 뭔가를 알아내기 위한 질문들은 이미 예민한 감각을 지닌 내담자에게 견고한 성벽을 쌓게 하는 부작용을 초래하기도 한다. "나무를 그려볼까요?" 하면 워낙 그런 심리 테스트를 많이 받아서인지 정답대로 그리는 똑똑한 사람도 있다. 그동안 수없이 만났을 치유자들의 질문이 식상할 수도 있을 것이다.

그러나 음악은 거부할 수 없는 청각적 자극을 통해 이미 어떤 정서를 불러일으키기 때문에 그 저항이 오히려 적다. 귀를 막아도 음악은 들리니까. 그들의 주요 문젯거리보다는 음악으로 주변 이야기를 시작할 수도 있고, 북을 치거나 노래를 들을 때 흥얼거리는 모습으로 비언어적인 정보를 수집할 수 있다. 이렇게 음악치료는 굴러간다.

여전히 나는 내면의 나와 싸운다. '이거 너무 대충 음악하는 거 아니야? 내가 상대의 행동을 분석한 게 과연 맞을까? 내가 진심으로 당신의 위로가 되었을까?'라는 생각으로 종종 자괴감이 든다. 그런데 아이러니하게도 음악 치료사의 끊임없는 의심과 자기 검열은 오히려 부족한 부분의 공부를 더 하게 만들어 실력을 키우는 자양분이 된다. 내가 부족함을 느낄수록 끊임없이 채우려 하고, 채운 만큼 나의 시야 해상도는 높아진다. 기타 연주에 능숙하지 못한 치료사인데도 사람들의 마음은 기가 막히게 들여다보는 사람이 있다. 반면 과거에 유명 콩쿠르에서 입상한 연주자 출신의 학생은 임상 실습에서 내담자와 대판 싸우고 때려친 경우도 있다. 음악치료사의 능력은 음악적 기술에서 오는 것이 아니다. 내담자에 대한 애정 어린 관찰과 적절한 대처, 거기에 음악 실력까지 있으면 나그네의 코트를 벗기는 게 어렵지 않을 것이다.

지금도 나는 '음악으로 치료가 되는지' 질문을 받는다. "물론이죠!"라는 간단한 답변으로 그들을 완벽히 이해시키는 게 어렵다는 걸 이제 안다. 설득에 대한 집착은 조금은 내려놓았다.

다만 음악이 당신의 또 다른 세계를 열어주리라고 의심치 않는다. 꼭 연주 실력이 나아지지 않아도 상관없다. 아니, 음악에 대해 아무것도 몰라도 좋다. 실어증에 걸린 사람이 "꽝!" 하고 때린 북소리는 어떤 백 마디 말보다 더 소중하다. 사고로 어깨 골절이 되어 팔을 들어올리지 못하던 어르신이 흥에 겨워 소고를 올렸다 내렸다 치는 모습은 기적이라고밖에 할 수 없다. 모든 치료 프로그램을 거부하던 조현병 환자가 음악치료만큼은 꼬박꼬박 출석하는 것도 음악의 힘이다. 그 누가 안아도 울던 아이가 눈을 맞추며 노래하는 내 입술을 만질 때 나는 가슴이 웅장해진다. 그렇게 기적의 변화는 우연히 이루어진 것이 아니다. 음악치료사의 치밀한 분석과 계획, 애정 어린 지지, 그리고 음악이 당신과 꾸준히 다져온 신뢰의 바탕에서 이루어진 것이다. 그리고 나는 여전히 음악치료사가 무엇인지 말이 아닌, 임상으로 증명해 보이는 중이다.

하얀
가운

하얀 가운에 대한 환상이 있었다. 하얀 가운은 무언가 전문가처럼 보일뿐더러, 모든 문제를 다 해결해 줄 것만 같은 믿음이나 어떤 권위도 느껴진다. 음악치료사라고 하면 '치료사'라는 이름에서 하얀색 가운을 떠올리는 사람들이 있다. 반은 맞고 반은 틀리다. 음악치료사의 의상은 음악치료를 하는 환경에 따라 다르기 때문이다. 보통은 일상복을 입는다. 하지만 암 병원에서 근무할 때는 모두가 하얀색 가운을 맞춰 입었다.

연희동 어느 맞춤복 집에 하얀 가운을 찾으러 갔던 날, 지하철이 닿지 않는 그 동네에 들어가기 위해서는 마을버스를 타야만 했다. 창밖으로 하늘이 유난히 청명했고, 시원한 바람이 내 뺨을 스쳤다. 고즈넉한 서울의 옛 풍광이 남아있던 골목을 헤매다, 마침내 낡은 간판이 걸린 맞춤복 전문점을 찾았다.

옷은 생각보다 두껍고 무거웠다. 팔에는 병원 로고가 새겨져 있고, 왼쪽 가슴에 달린 주머니에는 '음악치료사 구수정'이라는 이름이 수놓여 있었다. 생각보다 옷은 허술했고 소매 안에 실밥이 가득했지만, 생애 첫 세션을 앞두고 있던 나는 그런 것 따윈 상관없었다. 가운 하나에 온종일 기분이 둥둥 떠다녔다. '내가 드디어 음악치료사가 된 건가? 야호 신난다!' 설레발에 나도 모르게 발걸음이 가벼워졌다. 기념으로 셀카도 한번 찍고.

암 병원에서는 외부인의 출입을 엄격히 금지한다. 암환자들의 신체 컨디션은 급격히 떨어진 상태라 면역력이 약하고 감염의 위험도 있어서다. 병원에서는 일주일에 두어 번밖에 오지 않는 치료사들에게도 엄격한 방역 수칙을 요구했다. 손을 씻는 법, 복장 및 화장 규제, 위생과 관련해서 귀 뒤 닦는 법까지 있을 정도다. 가운은 병원 관계자들과 환자들을 구분하기 위한 용도다. 병원에 출근을 하면 가운을 입고 업무를 봐야만 했다.

유니폼은 그걸 입으면 갑자기 허리를 세우고 차분한 목소리로 점잖게 말해야만 할 것 같다. 옷을 걸치는 것 자체로도 내 일터에 대한 마음가짐이 달라진다. 모두가 나를 보고 있는 것 같은 착각이 든다. 말도 더 조심하고 걸음걸이도 반듯하게, 바른 생활을 해야 할 것만 같다. 옷이 날개라고, 음악치료사로의 변신은 이 하얀 가운 하나로도 가능할 것만 같았다.

첫 그룹 세션이 있던 날, 우리는 세션에서 처음으로 가운을 입기로 했다. 암 병원의 어린이 그룹이었다. 통원 치료자는 방사능 치료나 약물 치료 등의 암 치료를 위해서 일정 기간 입원했다가 퇴원하는 방식을 따르고 있었다. 우리는 일대일 개별 세션도 계획하면서 종종 이 기간 동안 입원을 한 아이들의 그룹 세션을 진행하기로 했다.

다섯 살에서 많게는 열두 살까지 어린 아이들이 입원해 있는 병동에 네 명의 음악치료사가 출동했다. 카트에 실은 악기들이 걸을 때마다 "찰찰찰, 또르르, 우당탕" 소리가 났다. 고요한 병동에 요란한 소리가 나자 아이들이 침대 밖으로 고개를 빼꼼 내밀었다. 궁금한 아이들은 문밖을 서성였다. '됐다, 주의를 끄는 데는 성공했어! 그래, 어서 오렴!'

회의실에 마련된 공간에 악기를 예쁘게 정리하고, 순서

를 다시 확인하고, 두근거리는 마음으로 아이들을 기다렸다. '아, 너무 떨려! 생애 첫 세션이라니.' 침이 꼴깍 넘어간다. 옷매무새를 정리하고 심호흡을 했다. 약속된 시간이 되자 드디어, 하나둘씩 휠체어를 타고 모이기 시작했다. 아이들은 호기심 어린 눈빛으로 테이블 위에 늘어놓은 악기들을 힐끔힐끔 보았다. 그런데 웬걸. 시간이 되어 문을 닫자마자 한 아이가 울기 시작한다.

"으앙 나갈래!"

제일 어려 보이는 아이가 울음을 터트리자 파도타기 하듯 여기저기서 울음이 터진다. '왜, 왜 그런 거야? 아직 시작도 안 했는데. 아니 못 했는데.' 초보 음악치료사들은 당황했다. '이게 어찌 된 일이지? 어떻게 해야지?' 우리가 다가서면 시선을 피하며 더욱 자지러지게 울었다. '낯설어서 그럴까, 아니면 혹시 이 옷 때문에 그런가?'

그때 누군가 가운을 벗었다. 하얀 옷을 벗고 아이들을 달랬고 그래도 나가고 싶은 아이들은 내보내며 상황을 정리했다. 나머지도 가운을 벗고 자리를 수습했다. 그러자 울음소리도 잦아졌다. 세워놓은 악기를 만지게 하거나 소리를 내어 관심을 끄는 등 주위를 환기했다.

"얘들아, 복도로 음악 소리가 너무 크게 나가면 방해되니까 문은 꼭 닫아야 해. 이제 시작해도 될까?"

우리는 아이들과 눈을 맞추고 최대한 다정하게 노래를 불렀다. 아이들은 진정된 듯 보였다. 어렵게 시작된 첫 세션은 정신없이 흘러갔다. 서로의 정신 줄을 붙잡으며 30여 분의 세션을 마친 뒤 우리는 안도의 한숨을 내쉬었다. 초등학교 5학년쯤으로 보이는 아이가 문을 나서며 무심하게 말했다.

"그 옷, 애들은 별로 안 좋아해요."

아… 그랬구나. 암을 이겨내기 위해 고군분투하는 어린 아이들에게 하얀색 가운은 그저 불길한 옷이었다. 주사 놓는 선생님, 아니면 나를 아프게 하는 사람이란 오해를 불러일으키기 충분했다. 극심한 통증의 치료를 견딘 암 병동의 아이들은 머리가 다 빠진 채로 겨우 웃고 있다. 부모님의 휴대폰에 담긴 게임과 유튜브가 유일한 낙이었다. 온 힘을 다해 치료를 받고 나면 걸을 힘도 없어 작은 체구의 아이들이 휠체어에 대롱대롱 매달려 있었다. 가느다란 팔에는 수많은 주사 바늘 자국이 있었다. 앞으로도 바늘이 들어갈 희고 가느다란 손목에 내 마음이 멈춰 섰다. 세션을 끝내고 돌아가는 복도에서는 깔깔 웃던 아이들이 있었나 싶을 정도로 적막이 흘렀다. 종종 고통에 젖은 울음과 가는 신음 소리가 들렸다.

흰 가운은 그저 첫 경험으로 들뜬 나에게만 즐거움이었을 뿐, 아이들에겐 공포였을 것이다. 아이들을 편하고 기분 좋게 해주지 못하고, 문까지 닫아버려 익숙한 공간과 단절시켰으니. 쥐구멍이 있다면 빨리 숨고 싶었다.

음악치료사는 내담자들을 단 한 번 만날 수도 있고, 여러 번 만날 수도 있다. 불특정 다수와 만날 수도 있고 일대일로도 만날 수 있다. 어떤 상황이든 세션을 시작하는 순간부터 빨리 내담자들의 선호를 파악하고 대처해야 한다. 또 신체적·정신적으로 연약해진 내담자들에게 어떤 돌발 상황이 생길지도 모른다. 기분장애 환자의 경우 갑자기 치료사에게 달려들 수도 있다. 예쁘다며 귀걸이를 잡아당겨 귀가 찢어지거나, 목걸이를 잡아채다 목을 조를 수도 있다. 발작이나 기절 등의 위급 상황에서 치료사가 대처해야 하는 상황도 생긴다. 아이가 구토를 하거나 오줌을 싸는 등 갑자기 내담자를 돌봐야 할 때도 있다. 다행히 아직까진 그런 일이 없었지만 장애 청소년의 경우 스타킹을 신은 다리를 만질 수도 있다. 스타킹 신은 사람에게 종종 엄마를 투사하기 때문이다.

그래서 나는 액세서리는 전혀 하지 않는다. 다만 세션

시간을 체크하기 위해 손목시계만 한다. 요즘 시대에 스마트폰 시계면 되지 싶지만 현장에서는 스마트폰을 볼 시간도 없을뿐더러, 스마트폰을 보는 모습에 신뢰를 잃을 수도 있다. 위급 상황을 대비해서 치마나 움직임이 불편한 옷은 입지 않는다. 그렇다고 운동화에 청바지를 입을 수는 없다. 패션은 전략이란 말처럼 첫 인상에서 신뢰를 주는 모습이 필요하다. 그래서 슬랙스에 낮은 구두, 활동이 편한 상의를 입는다. 이렇게 조심하는데도 누군가 내 손목시계를 달라고 해서 난감했던 적도 있다.

그러니까 사전에 문제될 만한 것들은 제거해야 한다. 하지만 그때의 나는 음악치료사로서 암 병원의 환경을 제대로 파악하지 못했다. 그 이후로 나는 지금까지 단 한 번도 세션에서 하얀 가운을 입지 않는다. 꼭 입어야 할 상황이라면 세션 직전에 가운을 벗어두고 내 몸가짐을 다시 돌아본다. 어휴, 그날만 생각하면 아직도 너무 부끄럽다. 빨리 이불을 뒤집어쓰고 발차기를 해야 한다. 남의 마음을 어루만진다는 사람이 스스로 도취해서 세션 환경을 살피지 못했다니, 자격이 없었다는 생각이 든다. 들뜬 마음을 추스르고 이제 '진짜'가 되리라고 결심해 본다.

음악치료사의
기억법

"어디야? 만나자."

"아, 어떡하지? 미안, 나 집에 가야 돼. 다음에 보자."

"그래? 할 수 없지. 얼른 가."

세션이 끝나자마자 나는 누구보다 빠르게 가야 한다. 오랜만에 반가운 친구의 부름에도 나는 집에 금괴라도 숨겨놓은 사람처럼 안절부절못하다가 조심스레 거절한다. 친구도 나의 사정을 알기에 얼른 집으로 보내준다. 왜 그렇게까지 하냐면, 그건 바로 방금 한 세션을 잊어버리기 전에 빨리 적어놓기 위해서다. 초짜 음악치료사인 나는 일지에 써야 할 내용들을 잊어버릴까 걱정이 돼 내 앞에 앉은 이에게도 집중할 수 없었다. 불안증을 떨쳐내려면 미안하더라도 거절하고 얼른 집으로 튀어가는 게 낫다.

음악치료는 '계획-세션-일지 기록'이란 세 단계로 이루어진다. 사람들과 만나서 음악을 듣고, 악기를 연주하고, 노래를 부르는 모습을 상상했다면 아마도 그 모습은 음악치료의 여러 단계 중 겉으로 보이는 면일 것이다. 그러나 한 시간 남짓한 세션을 준비하기 위해 음악치료사들은 생각보다 많은 시간과 노력을 할애한다. 우선 내담자의 나이, 성별, 직업군, 거주 지역 등을 고려해서 그에 맞는 곡목을 선택하고, 신체 조건에 맞게 악기를 고르는 '계획' 단계가 있다. 필요하다면 반주 연습도 해야 한다. 또 '세션'이 이루어진 뒤 그 안에서 있었던 의미 있는 대화, 연주 모습, 내담자의 태도를 기억해서 일지를 '기록'하는 단계가 있다. 일지는 다음 세션을 계획하는 데 근거가 된다.

일지는 내담자에 대한 모든 감각을 기억해 내는 것이다. 눈으로는 그의 눈을 맞추고, 머리를 쓸어내리는 손짓을 담고, 긴장에 파르르 떨리는 입술을 기억한다. 귀로는 음성의 미묘한 변화와 그가 쓰는 단어의 온도를, 그 말투의 향기를 감지한다. 손을 마주 잡았을 때 촉감과 굽은 등을 쓸었을 때 느껴지는 미묘한 미소, 그가 좋아하는 부드러운 현악기와 북 연주의 진동, 싫어하는 소리, 좋아하는 노래 구절을 들을 때 온화한 표정을 글로 옮기는 작업이 바로 일지 쓰기다.

음악을, 음악 행위를 글로 완벽하게 서술한다는 것은 불가능에 가깝다. 그럼에도 가장 주의해야 할 점은 있었던 상황을 그대로 기록하는 것이다. 내가 느꼈던 감정을 최대한 견제하며 내담자의 소소한 변화를 기억해야 한다. 기록하면서 상황을 자의적으로 해석할 가능성이 있기 때문이다. 그래서 나는 대화 내용을 통째로 기억하는 습관이 생겼다.

처음 정신과 중독치료 병동에 코리더 치료사[1]로 세션을 나갔을 때, 나는 엉망이었다. 한 시간 세션에 스무 명 가까이 되는 환자들이 빙 둘러앉았고, 그 묵직한 기운에 압도되었다. 누군가는 우리를 반가워하고 다른 누군가는 불편해 했다. 어떤 이는 의심이 가득한 눈빛을 보냈다.

"뭐 하러 온 사람들이야?"

사람들은 대놓고 물었다. 겁이 났다. 이런 상황 속에서 내가 과연 잘 해낼 수 있을까? 그 자리에 서 있는 것 자체

---

1 리더 치료사(주 치료사)를 도와 세션을 함께하는 보조 치료사.

로 다리가 후들거렸다. 이 많은 사람들의 대화를 기억할 수 있을지 확신할 수 없었다. 아니, 기억하는 것보다 한 시간을 내가 버티고 있을 수 있을지도 몰랐었다. 물론 세션 진행은 리더 음악치료사가 하지만 코리더 음악치료사들도 노래 반주를 하고 내담자들과 함께 활동하며 그 한 시간을 머릿속에 기억해야 한다.

첫 세션이 끝나고 나는 집에서 세션일지를 기록하는 데 세 시간이 걸렸다. 맙소사, 한 시간 세션에 세 시간 일지 작성이라니. 이건 너무 시간 대비 비효율적인데. 게다가 그 시간은 온전히 내담자들의 시간이었다. 물리적 시간은 한 시간이지만 그들 각각의 시간을 언어로 풀어내야 하는 것이니, 결국 기록하는 데 각각의 시간만큼 걸린 것이다. 일지 쓰기는 마치 어린 시절 장미꽃의 꽃잎을 하나하나 떼어 공책에 붙이던 방학 숙제처럼, 꽃잎 같은 그들의 귀중한 이야기가 상하지 않게 조심스럽게 붙이는 것이다. 책갈피에서 바짝 말라도 장미향이 날 수 있도록.

악수를 했을 때 손은 따뜻했는지, 목소리는 어땠는지, 대화를 할 때 어떤 내용이 오갔는지, 어떤 단어를 습관적으로 사용하는지 동시다발적으로 일어나던 일들을 기억해 내기 위해 내 머리를 쥐어짰다. 탈탈, 탈수기까지 돌린

내 머리는 정신과 병동 첫 세션의 첫 일지를 쓰고 녹초가 되어버렸다. 종이 인형처럼 침대에 힘없이 쓰러져 이내 잠이 들었다.

기억은 금세 사라진다. 인지 심리학에 따르면 의도적으로 기억하려는 노력을 하지 않을 때 기억을 30초 이내 잊어버리고, 기억하려고 해도 두 시간 이내 70퍼센트, 두 시간이 지나면 30퍼센트 정도만 기억할 수 있다. 이것이 장기 기억으로 이어지려면 2주 이내 반복해 줘야 한다고 말한다. 맙소사, 나는 요령이 없는 초짜 음악치료사다. 세션이 끝나자마자 집으로 얼른 달려가 일지부터 쓴다. 70퍼센트, 아니 50퍼센트라도 써보자. 바로바로 쓰지 않으면 이 사람이 저 말을 했는지, 저 사람이 이 악기를 연주했는지 다음 세션 내용과 엉킨다. 아, 그러면 정말 난감하다. 미리 쓸걸, 또 후회한다.

그런데 세션을 통째로 기억해 일지를 쓰던 일련의 과정은 나에게 큰 도움이 되었다. 일단 내 기억 용량이 확장된 기분이랄까. 그렇게 일지를 쓰는 시간도 점점 줄어들었다. 처음에는 그들의 행동 분석이 어려웠는데, 일단 상황에 대한 기억들을 모두 쏟아내면 분석할 내용이 물 빠지듯 드러났다. 세션 경험이 많아지고, 분석 경험이 많아질

수록 다시 또 시간이 줄었다. 세션을 하면서 이건 기록해야겠다 싶은 의미 있는 상황들에 바로바로 '기억하기 버튼'을 누르기도 한다.

그러나 기억에는 어쩔 수 없이 경험한 사람의 주관적 해석이 담겨있다. 세션에 비디오 촬영이 허락된 경우도 있지만 대부분 유출이나 내담자의 신변 보호, 임상 윤리에 따라 할 수 없는 경우가 빈번하다. 이럴 때 만약 리더 치료사와 코리더 치료사가 팀으로 세션을 진행한다면, 세션 후 서로 대화하며 조각을 맞추기도 한다. 그렇게 객관적으로 기록하려고 애쓰고, 훈련했어도 치료사의 임상 경험치나 공부 수준에 따라 해석이 갈릴 때도 많다.

"그 사람은 차 사고로 기억에 대한 손상이 있는 것 같아."

"어떻게 아셨어요?"

"치과 의사였다던데, 나이답지 않게 앞쪽 이가 빠져있고 한쪽 머리가 눌려 손상되었더라고. 대화를 했을 때, 장기 기억은 살아있는데, 금방 했던 일들은 횡설수설 잊어버렸어. 현실과 과거에 대한 괴리가 크고, 북 연주를 했을 때 양손의 협응 차이도 나고. 알코올 중독인데 다른 내담자들과는 조금 달라 보여."

"우와, 저는 전혀 눈치채지 못했어요. 그냥 북 칠 때 신나셨던데."

"제가 봤을 땐, 북 연주를 잘하지 못했지만 스틱 잡는 자세나 리듬을 타는 게 소싯적 밴드 좀 했을 것 같던데요."

"맞아요. 제가 옆에 앉았을 때 얘기해 주셨는데, 젊을 때 동아리 하셨대요."

"밴드 동아리 했던 기억 덕분에 지금 음악치료에 긍정적으로 참여할 수 있겠네요."

"좋아하는 노래가 뭔지 물어봐야겠어요. 다음 프로그램에 할 수 있도록."

내가 미처 보지 못했던 부분을 다른 치료사가 보았을 수도 있고, 중요하게 생각지 않았던 내담자의 행동이 실은 큰 실마리를 주는 일일 수도 있다. 그것을 알아챘을 때 치료사의 실력이 드러나기도 한다. 선배 음악치료사들이 발견한 것에 대해 나는 갓 태어난 기린처럼 다리를 휘청거리며 놀랄 수밖에 없었다. 대화를 통해 확인해야 하고, 주관적 해석을 끊임없이 경계해야 하며, 음악치료 공부 또한 게을리할 수가 없었다. 참 끝도 없다.

시간이 흘러 연차가 좀 쌓였을 때의 일이다. 그곳은 단체 생활을 하는 센터이자, 정신과 주치의가 있으며 항정신성 약물 처방을 받는 분들이 꽤 계시던 곳이다. 나는 일주일에 한 시간, 여섯 분 정도 되는 분들을 만난다. 음악 치료를 담당하는 사회복지사 선생님들은 세션 밖에서의 일들도 공유해 주며 많은 도움을 주셨다. 그런데 어느 날,

"선생님, 세션일지 정말 잘 보고 있어요. 자세하게 써 주셔서 감사합니다."

"아, 네. 제 일인데요."

"덕분에 생활 지도 할 때 많은 도움이 되고 있어요. 약물 처방을 할 때도 참고하신다고 하네요."

"그래요?"

나는 뜻밖의 말에 놀랐다. 이분들이 각각의 내담자에게 많은 정성과 관심을 쏟는다는 점에서 놀랐고, 내 일지를 돌려본다는 사실에 두 번째 놀랐고, 그게 처방전에도 영향을 준다는 것에서 더 놀랐다.

사실 일지를 쓰는 일은 정말 귀찮은 일이다. 그게 귀찮아서 이 일을 해야 하나 싶을 정도였으니까. 그렇지만 세션 후 분석이 너무 중요하기 때문에 일지를 거를 수는 없다. 더구나 누군가에 대해서 쓴 그 글이 알게 모르게 많은 영향력을 끼치고 있다는 사실에 작은 두려움이 앞선다. 내가 그들을 평가할 자격이나 될까. 나의 해석이 그들에게 좋지 못한 영향을 미치지 않을까. 타인의 행동에 대해

판단하는 것은 늘 조심스럽다. 음악치료사가 당신의 일부를 일지에 옮기는 일은 생각보다 큰 책임감이 따르는 일이다.

당신의
안부를 물어요

세션을 시작할 때 꼭 필요한 단계가 있다. 바로 '인사하기'다. 인사는 그저 눈인사로만 할 수도 있고, 한국 사람이라면 "밥 먹었냐?"는 말로 안부를 물을 수도 있다. 다 같이 "안녕하세요"라고 크게 말하며 인사할 수도 있고, 한 명씩 악수할 수도 있겠다. 그러나 이미 눈치챘을지도 모르지만 음악치료사들은 노래로 인사한다. 아마도 치료사들은 각자가 사용하는 인사 노래가 있을 것이다. 무슨 곡으로 인사 노래를 하는지는 세션을 어떻게 여는지에 대한 중요한 선택으로 음악치료사들의 필살기가 된다.

　나는 인사 노래를 세션에서 가장 중요한 단계로 여긴

다. 인사 노래는 그날뿐만 아니라 만남 전체를 관통하는 노래이기도 해서다. 전체 세션이 30회기라면 1회기에 만날 때와 헤어질 때 이렇게 두 번, 모두 60번을 함께 부른다. 우와, 이렇게 생각하면 진짜 많은데! 그러니까 인사 노래는 잠꼬대로 부를 정도로 가장 많이 부르는 노래다.

인사를 하면서 치료사는 사람들의 표정을 살피거나 목소리를 확인하고, 손을 잡으면서 온도를 체크하며 그날의 건강 상태를 확인한다. 인사는 치료사와 내담자의 '라포르' 형성에 중요한 역할을 한다. '라포르(Rapport)'란 신뢰와 친근감을 전제로 하는 인간관계로 상담, 치료, 교육 등에 쓰이는 말이다. 믿음이 형성된 아기가 엄마에게 자신의 모든 것을 의지하고 마음을 내맡기는 것처럼, 상담 시간에는 내담자가 치료사에게 마음을 기대는 것이다.

여기에서 라포르가 잘 형성되었는가는 소위 치료를 잘 적용할 수 있는가를 좌우한다. 인사하기는 세션 밖과 안의 경계를 두어 음악치료를 쉽게 진행할 수 있도록 하는 마중물 역할을 한다. 라포르가 잘 형성되었는가는 인사 노래를 하며 쉽게 파악할 수 있다. 말하자면 소개팅에서 상대방을 빨리 파악하는 단계라고나 할까.

나의 세션에서 인사 노래를 할 때 꼭 지키는 규칙은 바로 한 명씩 인사하는 것이다. 시간이 많이 걸려도 30초의 짧은 노래를 한 사람, 한 사람 손을 마주 잡고 눈을 맞추며 부른다. 처음에는 서로를 바라보는 것이 너무나 쑥스럽다. 잘 모르는 사람과 마주 보고 노래를 부르는 게 얼마나 민망한 일인가. 생각만 해도 온몸이 불에 구운 오징어처럼 오그라든다. 그래서 손잡기를 거부하거나, 억지로 손을 잡아도 다른 곳을 응시해서 눈 맞춤이 어려운 분들이 많다. 이건 어른이든 아이든 마찬가지다. 그런데 신기한 것은 세 번, 네 번 만나면서 점점 눈을 맞추고, 미소를 띠고, 자기 순서를 기다린다는 것이다. 그 어떤 노래에도 움직이지 않던 정서장애 아이도 자기 차례가 되면 수줍게 손을 내밀고 희미하게 웃는다. 이렇게 조금씩 반응하기 시작한 사람들은 치료사의 움직임을 주시하게 되고, 음악을 들으며 발가락을 꼼지락거리고, 아는 노래가 나오면 입술을 들썩이게 된다. 그때 나는 마음속으로 외친다. '야호! 드디어 열렸다.'

세션 횟수가 중반으로 넘어서면 활동하느라 헤어지는 인사를 할 시간이 부족할 때가 있다. 그럴 때 인사 노래를 생략할라치면 몹시 서운해하기도 한다. 인사 노래만큼은 꼭 해야 한다며 다 큰 어른들이 간호사 선생님에게 조금 시간을 주기를 부탁하거나 끝날 시간에도 자리를 지키고 있다. 간식 시간을 기다리는 귀여운 유치원생처럼 초롱초롱한 눈으로 치료사의 인사 노래를 기다리는 그때만큼은 아이나 어른이나, 할머니나 아저씨나 내 자식들 같다. 약속된 시간이 지나도 꼭 챙겨 부를 만큼 인사 노래는 우리들만의 중요한 의식이 된다.

인사 노래는 세션이 잘 굴러가고 있는지 확인할 수 있는 척도가 된다. 한 인사 노래 가사에 '악수하며 인사하기, 안아주며 인사하기, 윙크하며 인사하기'가 있다. 나의 사람들은 악수할 때 내 손을 따뜻하게 쥐며 마음을 표시한다거나, 숨을 못 쉴 정도로 꼭 안기도 한다. 어떤 어르신은 멋들어진 윙크로 애정을 표시하기도 했다.

인사 노래에 관해 마음 깊이 남는 분이 있다. 그분은 70대 후반 여성으로 노숙 생활을 하시다 센터에 들어온 지 꽤 되었다. 타인에 대한 경계가 강하고 공격적이며, 워낙 노숙 생활이 익숙해서인지 잘 씻지 않았다. 입에서는 비 오는 날 쓰레기장에서나 맡을 법한 시궁창 냄새가 났다. 센터에서 담당자가 관리를 해주지만 아무래도 몸에서 나는 냄새는 어찌할 수 없는 모양이다. 옆에 앉으면 어디에서도 맡아 본 적 없는 기묘한 냄새가 났다. 같이 앉은 다른 내담자들도 피할 정도였으니까. 처음 우리가 만났을 때 그녀의 시선은 발끝을 향해 있었고, 질문을 해도 좀처럼 입을 열지 않았다. 삶에 대한 의욕이 없었다. 날짜가 어떻게 지나가는지, 본인이 몇 살인지, 심지어 계절이 어떻게 지나가는지도 모르는지 철 지난 옷을 입고 있었다. 그저 죽지 못해 산다고 했다. 어떻게 마음을 열까. 차라리 관심을 주지 말아야 할까? 그래, 그분의 세월을 내가 어찌 다 이해할 수 있을까. 동요하지 말자. 조바심이 났지만 천천히 지켜보기로 했다.

처음 인사 노래를 할 때 '안아주기'란 노랫말처럼 그분을 안아주자 흠칫 놀라는 모습을 보였다. 세션을 마칠 때에도 똑같이 안아주었다. 그다음에도 안아주고, 또 만났을 때에도 안아주었다. 함께 있던 다른 분들이 오히려 내게 걱정의 말을 건넸다.

"선생님, 꼭 그렇게까지 안 하셔도 되요."

"선생님, 냄새 배어요."

하지만 내가 당신을 피하는 게 조금이라도 느껴진다면 더 큰 상처가 되지 않을까? 우리 사이에 보탬이 되지는 못해도 생채기를 내진 말아야지. 나의 일방적인 포옹은 계속 이어졌다. 맞다. 솔직히 고백하자면 처음 몇 번은 크게 심호흡을 해가며 마음을 굳게 먹어야만 했다. 그런데 여러 번 이어지자 이상하게도 아무렇지 않아졌고, 굳이 마음의 준비를 하지 않아도 일상처럼 자연스레 안을 수 있게 되었다.

답을 듣지 못해도 할 수 없다. 나는 늘 당신의 안부를 물었다. 일주일 동안 잘 지냈는지, 오늘 점심은 무엇을 먹었는지, 어떤 색 옷을 좋아하는지, 룸메이트와는 잘 지내는지, 날씨는 어떠한지, 정원에 산책은 몇 번이나 했는지, 계절마다 센터 정원에 핀 꽃이 얼마나 예뻤는지. 소소하지만 우리가 만나는 순간에 관해 묻고, 인사 노래를 불러주었다.

나의 노력에 응답이라도 하는 것처럼 다섯 날, 여섯 날쯤 지나자 어르신은 조금은 어색하게 내 작은 등에 손을 얹었다. 조금씩 나를 바라보며 표정을 살피거나 눈이 마주치면 슬며시 미소를 짓기도 했다. 열 번쯤 만나자 이제 조용히 인사 노래의 자기 순서를 기다리고, 치료사의 손짓과 입술에 눈을 떼지 않는다는 걸 느꼈다. 조금 더 지나자 스스로 인사 노래를 흥얼거리더니, 드디어 센터 건물 뒤편에 핀 목련에 대해 이야기하기 시작했다. 어릴 때 좋아하던 꽃이라고.

어느 날엔가 그를 안을 때 머리카락에서 향기로운 비누 냄새가 났다. 노래를 부르는 와중에 왈칵 눈물이 날 뻔 했다. 그날따라 옷차림도 조금 더 단정해 보였다. 프로그램을 담당하던 사회복지사가 내게 말했다.

"김옥순 님, 음악치료 선생님 만난다고 아침부터 씻고 오셨어요."

"그러니까요. 향기로운 냄새가 나던걸요. 감동이에요."

그분의 라일락 비누 향기는 아마 평생 잊지 못할 것이다. 바스락거리는 하얀 머리카락이 내 뺨에 닿았고, 그게 그렇게도 간질거려 웃음이 났다. 두툼한 그의 손에 온기가 느껴졌다. 따스한 관심과 포옹은 누군가를 이렇게 조용하고도 강력하게 흔들어 놓는다. 그것은 삶의 의미를 잃고 그저 죽지 못해 산다는 한 사람에게, 세수를 하고 머리를 감으며 몸을 단정하게 하고픈 마음이 들게 한다. 이런 온기 충만한 조각의 시간들이 모여 삶을 좀 더 아끼며 살고 싶게 하는 것이다. 이렇게 나의 인사는 당신에게 스며들었다.

봄에서 여름, 그리고 가을의 끝자락에 모든 세션이 끝났다. 마지막 인사 노래를 한 후 시원섭섭한 마음을 감출 수 없었다. 그러나 우리는 늘 헤어지는 연습도 했기에 서로를 다독여 주었다. 모두 돌아간 치료실에서 나는 홀가분한 마음으로 쓰던 악기의 줄을 풀고, 노래 가사를 쓴 칠판을 지우고 젬베를 가방에 넣었다. 그런데 어르신은 아직 방으로 돌아가지 않고 복도에서 나를 기다리고 있었다.

"아직 안 가셨어요?"

어르신은 아무 말 없이 나의 얼굴을 그윽하게 바라보더니 따뜻하게 안아주었다. 그리고 주머니에 아끼고 아낀 믹스 커피를 넣어주었다. 투박한 손으로 내 조그만 어깨를 한번 쓸자 쓸쓸한 11월에 따사로운 봄이 피어난 것만 같았다. 음악치료사도 가끔은 예상치 못한 내담자의 포옹에 위로를 받는다. 마치 고생 많았다고 내게 위로를 건네듯, 그는 포옹으로 내 안부를 묻는다. 안부를 묻는 일이 이토록 고귀한 일이었던가. 팬데믹 시대, 악수도 안아주기도 겁이 나는 요즘, 그때의 인사가 그립다.

일머리가 없는 사람,
음악 머리도 없을까?

"그래서 어떻게 하면 될까요?"

그는 또 내게 묻는다. 어휴, 답답해. 내가 일일이 다 말해줘야 아나? 악기 연주를 하려면 소리가 크게 날 수도 있으니 공간을 잘 골라야 하는데, 내가 그쪽 회사 상황을 알 수는 없잖아요. 책상을 옮겨야 하는데 나 혼자 옮기고 있고, 멀뚱멀뚱 바라만 보는 당신. 여기 당신 회사 아닌가요? 마음속에서 여러 가지 나쁜 말들이 불쑥불쑥 튀어올랐다. 참자, 참자. 여기서 음악치료사가 화를 내는 것도 좀 이상하잖아?

그렇게 프로그램 담당자는 답답함을 순진함으로 무장

한 채 나를 시험하듯 묻는다. 그리고 나의 의사소통 능력을 의심할 정도로 맑고 영롱한 눈빛으로 되묻는다. 새로운 빌런이다. 우여곡절 끝에 업무 스트레스 완화에 관한 첫 번째 음악치료 프로그램을 진행하게 되었고, 이제 세 번의 세션을 더 하기로 약속했다. 그러면 앞으로 세 번이나 이 사람과 엮여야 한단 말이지?

다음 일정을 상의하기 위해 사무실에서 그를 기다린다. 겨우 10여 분 남짓 있었을 뿐이다. 그때 아주 재미있는 것을 발견한다. 그는 나에게만 그런 것이 아니다! 본인의 일을 할 때에도 웬일인지 자꾸 되묻는다. 그런데 이상한 것은 하나 더 있다. 그의 답답함을 동료들은 아무렇지 않게 받아들이고 있다는 것이다. 한두 번이 아닌 듯 화도 내지 않는다. 그 모습에 웃음이 난다. 나만 답답한 걸까? 아님 내가 너무 조급했을까.

게다가 세션에서 놀라운 일이 일어난다. 준비해 간 일곱 줄짜리 음악치료용 가야금을 그 사람이 너무 잘 다루는 것이다. 가야금은 오른손 검지손가락 끝으로 줄을 뜯어 소리를 낸다. 처음 하는 사람들은 손가락 끝이 아리기도 하고 겁도 나서 소리를 잘 내지 못하는데, 그는 오른손 주법이 정확한 데다가 명료하게 소리가 난다. 반전이다.

"와 김 주임님, 가야금 연주하셨어요?"

"아뇨. 처음 만져보는 건데…."

"이 정도면 가야금 영재인데요?"

동료들이 다들 놀라워한다. 소리를 들으면 잘한다 생각할 정도로 깔끔하게 연주한다. 그런데 여기서 그친 게 아니라 악보도 잘 본다. 줄도 잘 찾아 연주한다. 가야금 줄이 많아서 처음 만져본 사람들은 줄 찾기도 어려운 일인데 단번에 아리랑을 완주해 낸다.

"짝짝짝!"

연주가 끝나자 사람들이 열렬한 환호를 보낸다. 내내 긴장된 표정의 김 주임님은 얼굴에 조명을 켠 것처럼 환해졌다가 금세 민망한 듯 수줍은 미소를 짓는다. 가야금뿐만이 아니다. 간단한 북이나 실로폰도 어디를 쳐야 울림이 좋은지 알고 있는 듯 악기 소리가 선명하다. 악기를 잘 다루자 동료들이 그를 치켜세우며 칭찬해 준다. 이제는 짓궂은 표정으로 어깨를 으쓱이는 그가 웃기기도 하다. 여기 회사 분위기는 이렇구나. 그래서 김 주임님이 별일 없이 다닐 수 있었던 거구나.

"덕분에 회사에서 활기가 넘치고 재미있는 이야기도 많이 나누었습니다."

"제가 볼 땐 이 프로그램의 최고 수혜자는 김 주임님 같은데요?"

"하하, 그런가요? 몰랐던 재능을 찾았네요."

멋쩍게 웃어넘기는 그를 보며 여러 가지 생각이 든다. 사람에게는 다양한 재능이 있구나.

'다중지능이론'이라는 가드너의 교육 심리학 이론이 있다. 지능이 높은 아이들이 모든 영역에서 우수하다는 기존의 학설을 비판하면서, 다양한 지적 능력이 있고 그 능력은 서로 독립적이며 상이한 여러 능력으로 구성된다는 이론이다. 그 여덟 가지는 언어, 논리 수학, 공간, 신체 운동, 음악, 대인 관계, 자기 이해, 자연 탐구이다. 학창 시절 공부를 꽤 하던 사람은 언어나 논리 수학 지능이 기본적으로 뛰어난 분들이 많다. 그러나 학교를 졸업하고 나면 꼭 공부를 잘하던 아이들이 성공하지는 않는다. 대인 관계나 공간, 자기 이해가 높은 사람들이 돈의 개념 혹은 세상사의 흐름을 빨리 읽고 더 크게 성공하는 경우도 있다. 여기에서 주목할 만한 점은 음악 지능도 있다는 사실이다. 음악 지능은 음의 높이, 리듬, 음색 등을 민감하게 여기는 지능이다. 김 주임님을 지켜보면서 문득 이 이론이 생각났다. 그는 타고난 음악 지능이 있는 걸까?

사람들은 모두 다른 재능을 지녔다. 여러 지능들이 결합되고 경험으로 축적되면서 한 사람의 개성과 재능이 발현된다. 재능은 좋아하는 마음, 거기에 끈기까지 더하면 더 크게 발휘된다. 그러나 안타깝게도 현실에서는 몇 가지의 지능만 부각되곤 한다. 수학 지능과 같은 공부에 관한 지능이 인생 초반을 지배해 버리니 다른 지능이 발현할 기회가 적은 것이다.

정말 일에 스트레스를 안 받고 살려면 직업 선택에 있어 내가 어디에 재능이 있고 손쉽게 업무를 할 수 있는지 알 필요가 있다. 물론 한 가지 지능만으로 직업을 결정하는 건 아니다. 예를 들어, 음악 지능이 있어도 이를 지속하려면 자기 이해나 신체 운동, 음악 합주를 하려면 대인 관계 등의 지능이 따라야 하니까. 여기에 시간과 인내심, 취향 등이 요구된다. 그런데 생각해 보면 아니, 난 도대체 어디에 재능이 있던 걸까? 갑자기 의구심이 든다. 어쨌든 모두의 다른 재능이 인정받고 존중받는 세상이 되었으면 좋겠다.

폐쇄 병동으로의
첫 실습

낡고 오래된 건물, 하얀 칠이 벗겨진 창문에는 견고해 보이는 창살이 촘촘히 박혀있었다. 마치 여기서는 한 번 들어오면 아무도 나갈 수 없다는 위압감이 느껴졌다. 빛이 들어오지 않는 바랜 복도를 지나 막다른 곳, 굳게 닫힌 철문 앞에 네 명의 음악치료사가 멈춰 섰다.

"자, 이제 들어가 볼까요?"

리더 음악치료사가 철문에 달린 호출 벨을 눌렀다. 심장이 이상이 생겼나 싶을 정도로 빠르게 뛰었다. 내 옆에 서 있는 이가 내 심장 소리를 들을까 싶어 눈치를 보며 숨을 골랐다. 고요 속에서 트렁크 속 악기가 짤랑거렸다.

"철컹!"

열쇠를 가진 간호사가 철문의 자물쇠를 열었다. 드디어 문이 열린다. 이 시대에 자물쇠라니. 누군가 열어주지 않으면 들어갈 수도 나올 수도 없는 곳, 가슴이 터질 것만 같았다. 그때 리더 선생님이 말했다.

"괜찮아요. 앞만 보고 가요."

복도에 들어서자 환자복을 입은 흐릿한 사람들이 모두 정지한 채 우리 일행을 쳐다봤다. 누군가 말했다.

"외부인이 들어왔다!"

갑자기 냉동고 문을 연 것마냥 뒷목이 서늘해졌다. 발걸음이 얼어붙어 떨어지지 않는다. 우리가 가면 가는 대로 그들의 시선은 자석처럼 따라온다. 약에 취해 눈빛이 공허한 사람들이 나를 주시하고 있었다. 갑자기 시간이 느려지면서 모든 장면이 멈춰졌다. 머릿속에서는 좀비 영화의 한 장면이 떠올랐다. 눈이라도 마주치면 내게 막 달려들 것 같은 두려움, 이렇게 고요한 긴장 속에서 누군가 내 목덜미를 콱 무는 그런 상상. 나는 침을 꼴깍 삼키며 앞만 보고 걸었다. 팔다리가 어색하게 삐그덕댔다. 그 짧은 거리가 왜 이렇게 먼지. 그러나 다행인 건지 당연한 건지 아무 일도 일어나지 않았다. 나는 안도의 숨을 내쉬며 세션실 의자에 털썩 주저앉았다. 실습 첫날, 시작하기 전에 방전된 기분이었다.

폐쇄 병동은 입원한 환자들에게 의료진의 밀착 치료가 이루어지는 곳이다. 약물 치료와 진료가 중점적으로 이루어지며 음악치료는 주요 치료의 보조 수단으로 사용한다. 일주일에 한 번, 철문이 열리고 외부인이 들어온다. 그들에겐 외부인이 들어오는 것조차 이벤트다. 참, 나도 겁이 없었다. '30~50대 여성', '조현병', '그룹' 딱 세 가지 정보만 가지고 실습을 신청한 것이다. 잘 알아보고 올걸….이제라도 도망갈까?

많은 환자들이 리더 음악치료사를 좋아했다. 그들 중에는 약물의 후유증으로 인지는 되지만 신체의 협응이 느린 사람도 있었고, 단기기억 능력이 많이 떨어진 상태인 사람도 있었다. 음악 연주나 노래가 원활하게 이루어질 수 있는 상황이 아니었다. 여기서 중요한 것은 음악을 잘하는 것이 아니었다. 폐쇄 병동이라는 물리적 상황에서 오는 불안감을 완화하고, 감정의 조절을 돕는 게 제일 중요했다. 가만히 있어도 힘든 곳인데 음악치료를 한다고 "노래 불러보세요, 박자에 맞춰 북을 쳐봐요" 하고 무언가 지시하는 것은 오히려 반감을 살 게 뻔하다. 리더 음악치료사는 이 상황을 아주 잘 알고 있었고 마음으로 그들을 보듬고 있었다.

일주일에 한 번이라지만 많은 이의 시선을 받으며 그 복도를 지나오는 일은 긴장감이 앞선다. 심장이 터져 나갈 듯 쿵쿵 뛰지만 나는 최대한 아무렇지 않은 척 앞만 보고 세션실로 향한다. 솔직히 말하면 세션 전 내 마음을 진정시키는 것이 먼저였다. 심호흡을 해도 그 긴장감은 이루 말할 수 없었다. 입이 마르고 목구멍이 간질거렸다. 이 공간이 긴장되는 건지, 세션이 긴장되는 건지 구분하지 못할 정도로 말이다. 그때 생각만 해도 콧구멍이 벌렁거린다. 휴우, 실습생이라 다행이었다.

철문이 열리고 간호사가 방송을 하면 자발적인 신청자에 한해 음악치료실에 입장한다. 참여자가 계속 바뀌기는 하지만 단골 고객이 반이다. 웰컴 음악이 나오는 동안 힘없이 앉아 계시는 분들도 있고, 악기에 관심을 보이는 분들도 있다. 치료사와 안면을 튼 분들은 대화도 조금 나눈다. 대부분 에너지가 많이 떨어진 상태로 눈빛에 힘이 없다. 영화 속 한 장면을 떠올리게 하는 무서운 상상과 달리 나는 조금 측은해졌다.

나는 45분의 세션 시간 동안 최대한 빨리 이분들의 이름을 외우고 부르려고 노력했다. 누구에게도 불리지 않던 그 이름을 부르는 것 자체가 이들의 자존감을 향상할 수 있기 때문이다. 지난주와 조금이라도 다른 모습이 있으면 기억하고 이야기했다.

"안경 쓰신 것보다 벗으신 게 더 얼굴이 환해 보여요." 그러면 흐렸던 눈빛이 순간 반짝이며 나를 바라본다. 그의 마음에 작은 돌을 던지면 그 파동에 물결이 일렁인다. 다행히 노래를 함께 부르며 열심히 관찰하다 보면 긴장감은 사라진 채 시간이 훌쩍 가버린다.

세션을 할 때 무표정으로 내 얼굴을 뚫어지게 쳐다보는 어떤 분이 있었다. 그분은 내가 다른 분과 굿바이송 인사를 할 때도 나를 빤히 쳐다보는 게 느껴졌다. 어찌나 그 눈빛이 따갑던지 한쪽 볼이 벌겋게 데워질 지경이었다. 굿바이송에 '안아주기'라는 노래 가사가 있었다. 무슨 생각이 들었는지 나는 그에게 가서 물었다.

"안아줄까요?"

뜬금없는 나의 말에 머리 희끗한 분이 내 품에 폭 안긴다. 내 작은 가슴에 기대어 얼굴을 묻는 그녀. 잘은 보이지 않지만 광대가 올라가고 눈꼬리가 휜 걸 보니 웃는 것 같았다. 민망할 정도로 자그마한 체구의 내가 너무 미안해졌다. 그녀를 위해 좀 더 큰 사람이 되고 싶었다. 조금이라도 크게 보일까 숨을 크게 들이쉬었다. 생판 모르는 나를 끌어안고 그녀는 왜 이렇게 행복해하는 걸까? 푸석한 양 볼을 발그레하게 만드는 것은 무엇일까? 음악일까? 아니면 이 포옹일까?

세션이 끝날 때쯤이면 그들의 눈빛에 조금은 생기가 돈다. 마른 입술을 떼어 노래를 부르고 나면, 내 입가에도 웃음기가 묻어있다. 나도 그들도 따뜻하게 데워져 있다. 내가 왜 음악치료를 할까 생각해 보면, 이때 느꼈던 짧은 시간 동안의 변화를 몸소 체험했기 때문이다. 음악을 매개로 마음에 아름다운 변화가 일어난 것이다.

폐쇄 병동이라는 특수한 공간에서 만났을 뿐, 밖에서는 모두 일상복을 입고 식당에서 밥을 먹으며 일터에서 일하던 평범한 생활을 하던 사람들이었다. 공간이 부여하는 의미는 생각보다 부풀려져 쓸데없는 상상력을 불러일으켰다. 게다가 부수기 직전의 오래된 건물과 철창이 그 상상력에 한몫했을 뿐이다. 그 건물의 메커니즘은 과거의 방식으로부터 흐른 것이다.

물론 내가 보지 못한 세계가 있다. 또 내가 경험하지 못한 상황이 있다. 나는 그들을 완전히 알지는 못한다. 하지만 내가 마음속으로 그들을 다른 시선으로 본다면 예민한 촉을 가진 그들 역시 눈치를 챈다. 이미 그들은 그런 시선을 아주 잘 알고 있다. 다른 눈으로 보고 있다는 시선을 들켰다면 음악치료사로서 탈락이다.

시간이 흘러 짬밥을 먹으면서 보조에서 리더가 되고, 이윽고 내가 주도하는 나의 세션도 생겨나면서 자연스레 폐쇄 병동에서의 세션을 그만두었다. 그동안 새 병동이 완성되었다. 1961년 완공되어 반세기 넘게 쓰이던 '하얀집' 정신병원은 허물어졌고 병원 이름도 좀 더 근사한 이름으로 바뀌었다. 이제는 엘리베이터로 병동을 이동하고 창문에는 창살이 없다. 그렇지만 그때 그 철문이 "철컹" 열리던 떨림은 아직 생생하다. 이전에는 전혀 경험할 수 없었던 새로운 세계로 열리던 그 문, 나에게는 음악치료사로서의 시작을 알리던 그 문에 관한 기억은 아직 내게 고스란히 남아있다.

켈리의
거짓말

피부가 하얗고 고운 분이었다. 머리는 늘 단정하게 빗어 넘겼으며, 손톱은 건강하고 깨끗했다. 자세가 바르고 우아해서 여러 사람 속에서 단연 눈에 띄는 사람이었다. 1950년대 할리우드 배우 '켈리' 같았다. 그래, 여기서는 그녀를 켈리라 부르자. 차트를 열어 정보를 확인했다.

'켈리, 70대 여성, 우울증'

켈리는 이곳에서 늘 모범이 되는 사람이었다. 또래들이 꽃무늬 블라우스에 빨강 양말을 신는 것과는 달리 무늬도, 글씨도 없는 무채색의 깔끔한 옷을 늘 깨끗하게 빨아 입었다. 행동이나 말투도 정갈했으며, 그런 목소리로 욕설을 한다는 것은 아예 상상할 수 없을 정도로 차분했다. 나이가 든다면 이렇게 늙고 싶다 할 정도로 참 우아한 여성이었다. 격한 감정의 동요도 거의 없었으며, 신앙심도 컸다. 문득 그녀는 이곳과 어울리지 않는 사람이란 생각이 들었다.

그런데 이상했다. 처음 만났을 때부터 켈리는 단정한 언어로 마음을 숨겨왔다. 왠지 모르게 거리감이 있었다. 그녀의 본 모습이 무엇인지 모르겠다. 기억력이 좋았지만, 도통 자기 이야기를 꺼내놓지 않는다. 예전에 어떻게 지냈는지, 가족은 어땠는지, 혹 결혼은 했었는지 간단한 정보조차 알려주지 않는 그녀에게는 비집고 들어갈 틈이 없었다. 좋아하는 노래가 동요뿐인 것도 의아했다. 화나거나 힘든 일에 대해 말할 때도 '기쁨, 하나님의 축복, 아름다운 선물' 등 종교적 용어로 자신의 감정을 포장했다. 부정적인 감정에 대해선 입 밖에 꺼내지도 않았다. 꿈을 꾸는 듯한 표정으로 하느님의 은혜에 대해 이야기하고 있노라면 그 우아한 목소리 때문인지 깜빡 나도 잠시 은혜를 받은 것만 같았다. 조금만 더 이야기를 끌어내고자 해도 그녀는 특유의 노련함으로 쏙 빠져나가곤 했다. 인간 미꾸라지가 있다면 바로 이런 모습이 아닐까 잠시 상상했다. 고수다. 고상하고 기품 있는 모습으로 무장한 그녀에게 더 말을 이을 수 없었다.

그럼에도 켈리는 나를, 그리고 우리 음악치료 시간을 사랑했다. 그것은 그녀의 눈빛에서 알 수 있었는데, 항상 눈빛이 나를 향해있었기 때문이다. 내가 어디를 가든, 누구와 대화를 나누든 켈리는 내게 주목했다. 내 말 한마디에 반응하고 고민했다. 그 모습에 조금도 의심할 여지는 없었다.

또한 그녀는 성실했다. 가장 먼저 와서 늘 같은 자리에 앉았고, 다른 분들에게 손 소독제를 챙겨주며, 종종 마스크를 꼼꼼히 쓰라고도 말했다. 어려운 시절 이야기를 힘들게 꺼내는 동료들을 지지해 주고 적절한 때에 따뜻한 말을 건넸다. 자신을 감추는 것 말고는 너무나 선한 사람이었다. 그렇게 1년이 지났다.

"선생님, 다음 세션에 내담자들을 정해야 하는데 어떠세요?"

"켈리 님을 다시 뵀으면 해요. 음악치료 시간을 좋아하긴 하는데, 뭔가 다 꺼내지 못한 느낌이에요."

"네, 그분이 원래 좀 그래요. 방에서도 다른 사람들과 잘 지내지만 속 이야기는 잘 하지 않는 분이세요. 켈리 님도 아마 내년에 선생님을 다시 보면 좋아하실 거예요."

켈리는 예상대로였다. 다시 세션을 할 수 있다는 소식을 듣고 목요일이 돌아오길 손꼽아 기다렸다고 했다. 무엇이 그렇게 좋았냐고 묻자, 다른 프로그램과는 달리 이 시간에는 깊은 얘기를 할 수 있어서 좋다고 했다. '그렇게 자기 이야기를 안 하시는 분이?' 나는 좀 의아했지만 그녀의 진지한 눈빛에 그렇다고 믿을 수밖에 없었다. 켈리는 막내 동생의 조카뻘 되는 나에게 '선생님'이란 호칭을 쓰며 깍듯하게 대했다. 다른 사람들의 이야기도 잘 들어주고 맞장구도 쳐주었다. 그러나 나는 여전히 열리지 않은 켈리의 우아한 태도가 섭섭했다.

두 번째 시즌의 세션이 시작되고 얼마쯤 지났을까. 변화의 조짐이 보이기 시작했다. 물론 나는 알고 있는 정보였지만, 꽁꽁 숨겨두었던 자신의 나이도 밝혔다. 나이를 트고는 다른 분들과 언니, 동생으로 부르는 등 관계 맺기를 시도한 것이다.

평소와 다름없는 어느 날이었다. 켈리가 그동안 아무에게도 털어놓지 않은 이야기를 해주었다. 이 센터에 어떻게 들어왔는지 말이다. 그녀는 10여 년 전 당시 일을 하나도 빠짐없이 기억한다고 했다. 너무 힘들었던 어느 날

하느님을 만나 모든 걸 다 내려놓기로 결정한 뒤, 30만 원을 제외한 가지고 있던 재산을 다 처분했다고 한다. 주위 사람들에게 재산을 나누어 주고, 마지막으로 제주도 여행을 다녀 온 뒤, 동사무소에 가서 지금 지내는 센터로 인도받았다는 것이다. 단 한 번도 자신의 과거를 말한 적 없던 그녀였다. 생각지도 못한 켈리의 과거에 놀랍기도 하고, 이런 이야기를 1년 만에 꺼냈다는 점도 고마웠다.

"다 내려놓는다는 건 어떤 기분일까요?"

"그렇게 되었어요. 제가 처음부터 그렇게 종교적으로 신실하지는 않았어요. 그런데 그때 하느님을 만나고부터는 그냥 그게 자연스럽게 됐어요."

"정말 경이롭네요."

세션이 끝난 뒤 먹먹한 마음이 일었다. 드디어 그녀가 자기 이야기를 했다. 그동안의 시간이 헛되지는 않았구나. 켈리에게 종교란 어떤 의미일까? 내가 모르는 미지의 무언가를 경험한 그녀에게 어떤 경외심까지 일었다.

"켈리가 자기 이야기를 시작했어요."

나는 감격해서 복지사 선생님께 이야기를 했다.

"그래요? 어떤 이야기를 하셨어요?"

나는 켈리에게 들은 이야기를 해주었다.

"센터 오기 전 이야기를 해준 건 처음이에요. 아무리 엄마 이야기, 어린 시절 이야기, 취향에 관한 이야기를 꺼내보려 해도 미동도 없던 분이…."

그런데 돌아온 답변은 충격적이었다.

"선생님, 켈리는 자살 시도해서서 여기 들어온 거예요."

"네? 정말인가요? 그럼 거짓말을 하신 거예요?"

"네. 그렇지만 뭔가 변화가 있는 것은 맞네요."

거짓말이라니, 황급히 차트를 열었다. 거기에 센터로 들어온 사연이 명백히 적혀있었다. '자살 시도 후 경찰에 의해 인도됨.' 맙소사! 나를 그토록 사랑해 주던 켈리가 내게 거짓말을 하다니. 지금까지의 감격이 배신으로 돌아온 셈이다. 내가 순진했다. 초짜 음악치료사도 아닌데, 내가 꼼꼼하지 못했다는 생각이 들면서 불현듯 깨달았다. 나도 켈리에게 많은 마음을 쏟고 있었다는 사실을.

다음 시간에 만났을 때도 그녀는 가장 먼저 와서 나를 기다려 주었다. 여느 때처럼 밝은 미소로 나를 향해 웃었고, 심지어 그때 제주도에 갔을 때 만났던 모텔 아저씨와 식당 아주머니를 만난 이야기를 들려주었다. 나는 마음속에 어떤 요동이 일었다. '어디까지가 진실일까? 어디까지 믿어야 하나? 그녀는 왜 이런 이야기를 이제야 하는 걸까.' 나에게 잘 보이고 싶은 마음에 이야기를 꾸며낸 건지 반대로 숨기고 싶어서였는지 알 수 없었다. 혹은 하고 싶은 말이 있지만 다 말할 자신이 없어서였을지도 모르겠다.

'진실을 말할 용기가 없는 자들이 거짓말을 한다'고 했던가. 어른은 아이처럼 단순하지 않고, 경험에 따른 복합적인 감정을 가지고 있다. 지나온 세월과 개인의 서사를 단 몇 시간 안에 파악하기란 쉽지 않다. 또 워낙 삶에 치이고 닳은 사람들이 오게 되니까, 한마디로 정답이 없다. 나는 거짓말을 서운해 하는 데 그치지 않고 이 거짓말이 어떤 신호인지 읽어야 했다. 거짓말을 보통 나쁘다고 치부하지만 그 이면에는 많은 층위가 숨어있기 때문이다. 결국 그것이 진실이든 거짓이든 나를 믿고 한 이야기이기에, 내가 밖에서 마주했던 사실을 잠시 접고서라도 켈리의 말을 지지해 주어야 한다. 어쩌면 사실을 본인의 관점에서 말했을 수도 있다. 하느님을 만났다는 이야기는 자살 소동에서 마주한 심경의 변화였을지도 모른다. 여기까지 생각이 들자 심장이 뛰었다. 나는 전적으로 그녀의 말을 수용해 주기로 마음먹었다.

최대한 티 나지 않도록 가족의 죽음, 유명 가수의 사고사 등 '죽음'에 대한 주제를 종종 꺼내 켈리가 스스로 마음을 정화할 수 있도록 도왔다. 사실 여부를 묻지 않았다. 가끔 그녀의 눈꺼풀이 파르르 떨리고 눈시울이 붉어졌다. 켈리는 죽음에 대한 이야기만큼은 진심으로 공감하고 있었다. 그 일이 있은 후 좋은 말로만 자신을 포장하던 그녀는 종종 타인에 대한 불편함도 드러내고, 즉흥적인 감정도 말하며 표현이 점차 진실해져 갔다.

그러다 켈리의 마음을 흔들어 놓는 사건이 발생했다. 바로 룸메이트의 죽음이었다. 다른 사람들은 병원에 입원한 줄만 알았지만 그녀는 알았다. 그녀가 고대하고 기원하던 한 사람의 회복이 끝끝내 이루어지지 못했다는 사실을. 누군가의 죽음을 말한다는 건 상당히 조심스러운 일이다. 이 상황을 복지사 선생님을 통해 전해 듣고, 나는 조용히 그녀에게 음악으로 애도할 시간을 주었다. 이럴 때는 마스크를 하고 있는 게 참으로 다행이었다. 터지는 슬픔을 조금이나마 숨길 수 있어서. 켈리는 잠시 눈을 감고 스스로 감정을 추슬렀다. 지금 그녀의 슬픈 감정은 완전무결한 진실이었다.

어느 한 사람이 나를 지지해 준다는 사실은 본연의 모습으로 돌아오게 하는 안전한 방어막이 된다. 음악치료가 순탄하게 흘러간다는 건 무언가 잘못되었다는 징조다. 조금의 틈새, 어긋남이 때론 문제 해결을 위한 열쇠가 되기도 한다. 그녀의 거짓말은 결국 그 자신을 드러내게 했다. 나 자신을 있는 대로 말하고 표현하는 것이야말로 나를 나로서 살게 한다. 시간이 좀 걸리더라도 말이다.

공감도
지능

'언니 이것 보세요! 너무 귀여워요.' 엄마가 된 지 얼마
안 된 그녀가 메시지와 동영상을 보내왔다. 동영상 속에
서 태어난 지 6개월쯤 되었을, 작고 소중한 아기가 겨우
앉아있다가 중심을 못 잡고 발라당 넘어진다. 아빠가 한
손으로 아기 등을 기대어 주다가 다시 손을 떼자 중력을
이기지 못하고 넘어간다.

"꺄, 너무 귀엽다!"

엄마, 아빠가 휴대폰을 들여다보고 깔깔 웃자 이제 갓
돌이 된 우리 집 아가도 동영상이 궁금했나 보다. 자그마
한 콧구멍을 벌렁거리며 눈을 반짝이는 아가. 영상 속 발

라당 넘어졌다 다시 낑낑 앉으려는, 자기보다 더 작은 아가를 유심히 지켜보던 소헌이는 갑자기 눈시울이 붉어지더니 눈이 빨개지도록 운다. '왜 우는 거야?' 우리는 당황했고, 영상 속 도윤이 엄마에게 우리 집 아가의 반응을 전달하자 이런 대답이 돌아왔다.

"언니, 소헌이가 공감 능력이 좋네요. 6개월 일찍 태어난 경력자라 다르네."

그렇게까지 깊게 생각하지 못했던 터라 깜짝 놀랐다. 공감 능력이라니. 이제 막 아장아장 걸음마를 뗀 소헌이는 자신의 옛날 모습이 생각나서 우는 걸까? 내가 넘어지고 싶어서 넘어지는 게 아닌데. 내 몸이 내 뜻대로 되지 않던 그 마음을 안다는 듯, 그때의 고달픔이 기억난다는 듯 아가는 서럽게 운다. 어른들은 그 모습이 너무나 귀여워 깔깔대고 웃는데, 이제 조금씩 감정이란 것이 생겨나기 시작한 한 살배기 아가는 자기보다 조금 더 어린 아가의 고충에 크게 공감한 모양이다.

'공감(共感)'은 타인의 감정이나 사고를 이해하는 걸 넘어 그 기분을 비슷하게 경험하는, 그야말로 '감정(感)을 공유(共)'하는 것이다. 소설이나 드라마를 보면 주인공의 절박한 심정에 내 감정이 이입되고, 이미 온몸이 멍투성이인 권투 선수의 투혼을 응원하게 되고, 한 번도 만나보지 못한 누군가의 부고 소식에 마음이 철렁 내려앉는 것이 공감이다.

아이를 키울 때에도 마찬가지다. 유명 소아과 의사들은 항상 육아에서 '공감하기'가 중요하다고 입을 모은다. 사고뭉치 아이에게는 훈육보다 먼저 해야 할 행동이 "아가가 이걸 만져보고 싶었구나, 이게 궁금했구나"라고 말하며 마음을 도닥여 주는 것이라고 한다.

음악치료를 할 때 가장 빈번하게 쓰는 기술도 바로 공감의 기술이다. 사랑하는 애인을 만나듯, 눈에 넣어도 아프지 않을 내 아이를 키우듯, 음악치료사는 약속된 시간 내에서 내 모든 감각을 당신을 향해 열어둔다. 음악치료의 여러 가지 기법 중에 '대상관계이론'에 근거한 기법은 바로 엄마처럼 상대의 모든 것을 공감해 주고 수용해 주는 것이다. 세션에서 나눈 이야기들은 관계자 이외에는 비밀을 유지해야 한다. 그러기에 그 시간 동안만은 온전히 당신의 시간이다.

그런데 이게 사실은 굉장히 피곤한 일이다. 나 역시 자아도 있고, 도덕적 상식선이나 좋고 싫은 어떤 지점이 있을 텐데, 음악치료사로서의 시간에는 나를 내려두고 상대방의 모든 걸 수용해야 하는 것이다. 남의 연애가 제일 재미있다고 연애 사연을 소개한 글이나 프로그램을 보면 종종 음악치료할 때의 장면이 떠오른다. 뒷목을 잡는 말도 안 되는 상황에서 사연의 주인공이 '저걸 어떻게 참지?' 싶은 것도 사랑의 힘으로 인내하듯, 음악치료사도 종종 이런 상황을 직업적 숙명으로 받아들이는 경우가 있기 때문이다. '그런데 이 사람이 왜 이 말을 했을까?'라고 생각하며, 짧은 순간에 말 속에서 그 의미를 찾기 위해 머릿속을 빠르게 굴린다. 음악치료사는 확실히 정신적인 노동이 크다. 당장은 그 진위를 파악하기 어려워도, 조심스럽지만 다정함이 담긴 질문들을 통해 상대를 자세히 알고 '다 이유가 있겠지'라면서 이해하려 애쓴다. 그래야 할 수 있는 것이 바로 진심 어린 공감이다.

"아, 정말 힘드셨겠어요."

치료사가 꼭 정답을 제시해 주지 않아도, 진심으로 공감하는 말 한마디에 스르르, 응어리가 마법같이 풀리는 때도 있다.

또 음악치료를 하다 보면 별별 사연을 다 마주한다. 어릴 때 성매매에 노출된 여성, 무책임한 부모 밑에서 방황하는 아이, 산업 재해로 몸과 마음이 망가진 남자, 바람난 남편에게 아이까지 뺏긴 엄마, 가족이 있는데도 아무도 책임지려 하지 않는 연로하신 할아버지, 모진 시어머니에게 몇십 년간 시집살이하고도 남편이 죽자 버림받은 여자까지. 지금 사연을 떠올리기만 해도 내 가슴에 화르르 불길이 솟아오르는 일들이 있다. 그런데 이미 무기력해진 어떤 사람들은 스스로 화를 낼 줄도 모른다. 화를 내지 못할 정도로 신체적, 정신적 에너지도 바닥인 데다가 그렇게 스스로의 감정을 억압하며 자기 마음을 지켜냈기 때문이다. 자신을 지키기 위해 자신을 버린 상태. 어쩌면 화가 난 상태보다 더 심각하다.

그러면 나는 그들을 대신해 화를 내준다. 우리에겐 음악이 있지 않은가. 북도 쾅쾅 치고, 피아노 건반을 주먹으로 때리고, 탬버린도 흔들고, 꽹과리를 시끄럽게 두들기면서 욕도 하고, 소리도 지른다. 머뭇거리던 사람들은 용기를 내 북채를 들기도 하고, 개미처럼 작던 목소리를 점점 크게 내기도 한다. 치료사를 따라서 소리지르기도 하고, 원하는 소리의 악기를 찾아 스스로 치기도 한다. 자기가 고른 소리는 자신의 모습을 꼭 닮았다. 각 악기들의 음색이 마음에 닿으면 그 나름대로 촉감이 있는 모양이다. 때로는 담요처럼 보드랍거나, 여름날 아이스 커피처럼 시원하거나. 혹은 롤러코스터를 탄 듯 짜릿하거나 오후의 햇살처럼 한없이 나른하거나. 그러면 나는 그들의 외침에 공감하고 지지해 준다. 그들이 내는 소리에 든든한 받침이 되어 보탠다. 그런 행위가 점점 달아올라 무아지경에 이르렀을 때, 그들은 에너지를 되찾는다. 물론 이런다고 해결되는 일은 아닐지 모른다. 그러나 굿과 같은 푸닥거리 후 후련한 마음으로 다시 살아갈 힘을 얻을 수 있다.

요즘 유행하는 말이 있다. '공감도 지능이다'는 말. 이 말에는 공감을 하지 못하면 지능이 낮다는 뉘앙스가 있다. 공감 능력은 태어나면서 얻는 것일까? 공감 능력은 향상될 수 있을까? 태어나면서부터 뛰어난 사람이 있을 수도 있겠다. 공감 능력은 실은 자격증과는 관계가 없다. 위로한답시고 엉뚱한 말을 해대는 사람들, 주위에서 본 적이 있을 것이다. 어떻게 저런 말을 하지? 공감 능력 제로, 사회생활 어떻게 하나. 잘 알지도 못하면서 공감을 어설프게 하면 오히려 역효과가 난다. 그런 사람은 일단 피하고 본다. 악의가 없어도 상처를 줄 수 있다.

전문가들은 성숙한 공감은 잦은 마음 훈련을 통해 가능하다고 말한다. 공감은 타인의 고통과 관련된 높은 감수성이 필요하다. 타인의 고통을 잘 알려면 그에 관한 상황과 마음속을 잘 들여다봐야 한다. 그리고 그 과정에서도 조심스러울 줄 알아야 한다. 다는 알 수 없어도 잘 이해하려 애쓸수록 진심 어린 공감이 가능하다.

그러니까 공감은 곧 우리 삶과도 연관이 있다. 공감은 나와 타인을 잇는 마음의 끈이다. 또한 다양해지고 개인화된 현대의 삶에서 우리를 묶고 구원해 줄 심리적 동아줄과 같다. 전통적 가족의 해체, 성의 다양화, 기존의 삶과 관습이 해체되고 있는 현실 가운데 우리의 연대를 강화해 줄 가장 기본적인 요소가 바로 공감이다. 또한 인간관계를 홀가분하게 만들어 줄 무기이기도 하다. 감정을 공유하지 못하면 아마도 사람들은 바로 서기 어려울 거다. 우리는 자신의 기쁨, 어려움, 고민들을 나누고 털어내면서 서로 버틴다.

나아가 사회의 도덕성은 곧 공감에서 시작된다. 타인에 대한 공감은 사회의 여러 약자에 대한 이해와 존중으로 이어질 수 있다. 우리 주위에 관계의 약자들이 얼마나 많은가. 이 각박한 세상에 완벽한 해결책을 줄 수 없더라도 공감을 통해 나와 같이, 내 아이와 같이, 내 부모와 같이 여기고 보듬을 수 있다. 이렇게 공감은 여러모로 꽤 쓸모 있는 마음의 기술이자 치료제다.

2장

음악치료사의
음악 처방전

좋은 음악,
나쁜 음악

"어떤 음악이 좋은 음악이에요?"

음악치료사가 되면 흔히 듣는 질문이다. 어떤 음악을 들어야 몸에 좋은지, 마음이 안정되는지 같은 물음을 들을 때면 마치 음악이 하나의 치료약처럼 여겨진다. 그러나 결론부터 말하자면 '누구에게나' 좋은 음악 혹은 나쁜 음악은 없다. '누구에게는' 좋은 음악 혹은 나쁜 음악이 있을 뿐이다.

중년의 한 남자가 있었다. 그는 돌아가면 아무도 없는 빈집이 싫었고, 구질구질한 자신의 어린 시절이 맘에 들지 않았다. 엄마가 없다는 놀림도, 준비물을 제때 챙기지 못해 혼나는 것도 너무 싫었다. 아버지는 혼자서 돈을 벌러 가야 했고, 그런 것을 이해 못 하는 아들은 아니었다. 혼자 있는 게 점점 편해졌고, 이 모든 상황을 타파하려면 공부밖에 없다고 생각했다. 그래서 힘들게 공부해서 좋은 대학에 들어갔다. 남들이 부러워하는 직장에도 덜컥 붙었고 이제는 그럭저럭 산다. 그러나 연애는 어려웠다. 누군가를 만나서 시작하는 게 가장 힘든 일이었다. 그는 공부하고 일하느라 놀아보질 못했다. 좋아하는 노래도, 좋아하는 음식도, 운동도 없었다. 그는 자기 자신이 무엇을 좋아하는지도 몰랐다. 의지할 수 있는 건 오직 술뿐이었다. 난감한 건 나였다. 차근차근 풀어가 보기로 했다.

우선 그를 최대한 많은 음악과 만나게 했다. 간단히 연주할 수 있는 악기도 가져왔다. 뭘 좋아할지 몰라 잔뜩 준비했다. 음악과 함께할수록 다행히 그는 긴장이 풀린 듯 어깨가 편안히 내려앉았고, 경직된 표정이 한결 부드러워졌다. 문득 떠오른 듯 그가 콧노래를 불렀다. 뭐지? 무슨 노래지? 동요 〈반달〉이었다. 나는 바로 기타를 치며 노래를 불러주었다. 그가 흠칫 놀랐다. 반전이었다. 유행가도, 클래식도, 대학 때 한번쯤은 들었을 팝송에도 시큰둥하던 그가 동요에 반응하다니.

"이 노래를 기억하시네요?"

"그러게요. 저도 모르게 나왔어요. 아… 예전에 어머니가 불러줬던 것 같아요."

부모님의 이혼은 그에게 큰 상처였다. 엄마를 용서하지 못한 열 살의 아이는 이제야 기억을 더듬어본다. 〈반달〉은 기억 속 다정했던 엄마를 소환했고, 우리 세션의 중요한 노래가 되었다. 그리웠던 마음을 풀어놓고 나자 그가 미소를 보인다. 누군가를 마음에 들일 여유가 생긴 것이다. 이렇게 인생의 한 매듭이 풀린다.

이렇게 좋은 음악은 듣는 사람의 환경과 살아온 역사로 결정된다. 같은 노래라도 누군가에게는 좋은 기억의 음악이, 또 다른 이는 나쁜 기억의 음악이 될 수 있다. 나 역시 나쁜 음악에 대한 기억이 있다. 중학교 1학년 때 수련회를 가다가 버스가 전복된 사고가 있었다. 쾅 하는 순간 버스가 반쯤 누워 논두렁에 처박혔다. 꾸벅꾸벅 졸던 나는 옆 의자에 머리를 세게 부딪쳤다. 눈을 떠보니 이상한 냄새와 함께 뿌연 연기가 앞을 가렸다. 누군가는 비명을 질렀고, 누군가는 울먹였다. 좁은 버스 안에 지옥이 열린 것이다. 몸이 덜덜 떨렸다.

쨍그랑, 그때 옆 반 선생님이 버스 앞 유리창을 깼다.

"얼른 나와!"

우리는 차가 곧 터질 수도 있다는 불안감에 우왕좌왕 버스를 탈출하기 시작했다. 그런데 이 와중에 빠른 비트가 귓가를 때렸다. 카 오디오에서 신나는 댄스 음악이 흘러나오고 있었는데, 바로 룰라의 〈3!4!〉였다.

한동안 그 노래를 들으면 사고의 공포가 떠올랐다. 등에서부터 목덜미까지 서늘해지고 머리가 아팠다.

"랄라 랄라라 랄랄랄라~."

이 구절이 나오면 시야가 흐려지고 어디선가 가스 냄새가 나는 것 같다. 공포의 '신체화'다. 노래 하나가 나를 그때 그 순간 사고 현장으로 데려다 놓는 것이다. 물론 지금은 아무렇지 않지만 룰라의 〈3!4!〉는 한동안 나에게 나쁜 음악이었다.

고대 유가의 경전인 《예기(禮記)》〈악기(樂記)〉는 동양의 음악 철학을 다루고 있다. 그중 사람의 감성과 음악의 관계에 대해 이야기 한 구절이 있다.

슬픈 마음을 느끼는 자는 그 소리가 메마르면서 쇠미하고, 즐거운 마음으로 느끼는 자는 그 소리가 맑으면서 완만하고, 기쁜 마음을 느끼는 자는 그 소리가 퍼지면서 흩어지고, 성난 마음을 느끼는 자

는 그 소리가 거칠면서 사납고, 공경하는 마음을 느끼는 자는 그
소리가 곧으면서 절도 있고, 사랑하는 마음을 느끼는 자는 그 소리
가 온화하면서 부드럽다.

옛날 사람들이 음악을 들을 때 느끼는 감정들은 지금과
그렇게 다르지 않은 모양이다. 주목할 점은 내가 어떤 마
음인가에 따라 소리가 다르게 느껴진다는 것이다. 결국
내 마음이 중요하다.

옛 지도자들은 마음을 다스릴 때 음악을 들었다. 서양
의 경우도 마찬가지다. 고대 그리스 시대 교육은 심성의
발달을 위한 '수사학', 신체의 발달을 위한 '체육학'과 더
불어 정신의 발달을 위한 '예술과 음악'을 기본 교과로 삼
았다. 피타고라스는 소리와 리듬의 체계가 수학적 법칙
으로 발생한다고 보고 음악을 소우주로 보았다. 그리스
의 철학자 플라톤 역시 그의 저서 《국가론》을 통해 음악
교육은 다른 어떤 것보다 영향력 있는 도구라 해서, 음악
이 조화로운 인격을 형성하도록 도와준다고 보았다. 아리
스토텔레스에 의하면 인격 형성에 영향을 준다는 것은 음
악이 감정이나 상태를 직접적으로 모방할 수 있기 때문이
다. 동서양 모두 음악이 사람의 마음에 변화를 준다는 것

을 일찍부터 발견했고, 이를 좋은 방향으로 쓰고자 했음을 알 수 있다.

엄마 배 속에 있을 때 가장 먼저 생성되는 감각인 청각은 인간의 다섯 감각 중에서도 아주 특별하다. 다른 감각과 달리 청각은 완벽히 차단하기 어렵다. 눈이야 감으면 안 보이고, 맛은 보지 않으면 그만이지만 소리는 내가 스스로 그 감각을 통제할 수 없다. 음악은 가장 원초적인 감각 기관을 사용하는 것이다. 소리에 그리고 음악에는 마음을 움직이게 하는 힘이 있다. 음악은 마음을 움직이게도 하고, 마음은 음악을 다르게 느끼게도 한다.

그런데 모든 음악이 마음을 움직이게 하는 것은 아니다. 앞의 사례처럼 나에게 스토리가 있는 음악 또는 한 시절 나를 미치게 했던 음악이 바로 내 '감정(感)'을 '움직이게(動)' 한다. 바로 '감동(感動)'이 있는 음악이다.

자연주의 출산을 한 나는 주치의를 전적으로 신뢰하게 된 계기가 있었다. 출산이 임박해지자 병원에서는 진료 전에 미리 자기가 평소에 좋아하던 음악이나, 키우던 강아지 사진, 여행이나 행복했던 시절의 사진을 챙겨오라고 했다. 내가 좋아했던 것들을 가까이하면 기분이 좋아지는 호르몬이 나와 고통을 경감시킬 수 있다고 한다. 침대에 누워 진통할 때 평소에 듣지도 않는 클래식이 나온다면 더 짜증날 수 있다고. 그때 '아, 이 의사는 뭘 좀 아는 의사군'이란 생각이 들었다.

태교할 때 사람들은 좋은 마음을 가지고 좋은 음악을 들으라고 한다. 또 '모차르트'의 음악이 태교에 좋은 음악이라고 광고한다. 그런데 모차르트는 알까? 사람들이 자신의 음악을 태교에 좋다며 사기치고 있다는 사실을. 저승에 있는 모차르트가 깜짝 놀랄 일이다. 태교에 좋은 음악은 따로 없다. 태교에 좋은 음악, 심신을 안정시키는 음악은 모차르트의 음악일 수도 있겠지만 대부분 다 다르다. 태교 음악은 산모가 원래 좋아했던 음악이 최고다. 평생 듣지도 않던 클래식이 갑자기 태교에 도움이 될까? 태교에 좋은 음악이라 해도 그 음악에 부정적인 인식이 있거나 익숙하지 않다면 도리어 화를 불러일으킬 수도 있다.

실제로 큰 수술을 앞둔 환자들에게 음악치료사는 수술 전 친밀도를 쌓으면서 환자의 인생 노래를 함께 부르거나 평소 좋아하는 가수의 노래를 들려준다. 그러면 수술에 대한 스트레스가 줄어들고 긴장도 완화되어 더 좋은 수술 결과를 얻을 수 있다고 한다. 몸이 이완되면 마음이 풀어지고 나쁜 감정도 가라앉는다.

한편 개인 플랫폼 시대가 열리면서 ASMR(자율 감각 쾌락 반응)이라는 게 크게 유행하고 있다. 연필 사각거리는 소리, 물소리, 바람부는 소리, 견과류를 오도독 씹거나 국수를 후루룩 흡입하는 소리, 바스락거리는 소리 등 일상 또는 자연에서 나는 소리를 들으면 마음이 평온해지거나 쾌감을 느끼는 감각적 경험을 한다는 것이다. 백색 소음을 들으면 공부에 집중하는 데 효과적이라고 하며, 물소리를 들으면 잠이 잘 온다고도 한다. 나도 요새 자주 보는 ASMR 영상이 있는데 바로 토끼가 밥 먹는 영상이다. 일단 토끼의 귀여운 입모양에 '심쿵'하고, 풀이나 당근을 서걱서걱 먹는 소리를 들으면 편안해져 나도 모르게 엄마 미소를 짓게 된다.

그런데 놀라운 건 이런 ASMR의 효과를 내는 음악이 있는 점이다. 바로 순수 국악기로 연주한 정악이나 산조 같은 음악이다. 예전 EBS의 한 다큐에서 가야금, 대금과 같은 국악기의 소리를 색깔로 구현해 내는 내용을 다룬 적이 있었다. 소리가 진동을 가지고 있듯 빛에도 파동이 있다. 때문에 소리의 주파수에 빛의 주파수를 대입한 것이다. 그 결과는 사뭇 의미심장하다. 대금의 소리를 빛으로 환산했을 때 둥글둥글 구슬 같은 모양에 명도와 채도가 뚜렷한 형형색색의 색깔이 소리에서 뿜어져 나왔다. 그런데 이 색깔은 놀랍게도 담양 소쇄원의 졸졸졸 흐르는 시냇물 소리와 너무나 닮아있었다. 가야금도 마찬가지다. 선조들은 쇠, 돌, 줄, 대나무, 바가지, 흙, 가죽, 목 등 여덟 가지 악기를 만드는 재료(八音)로 악기의 종류를 구분할 만큼 자연의 재료를 중요하게 여겼다. 재료가 하나라도 바뀌면 악기 고유의 소리가 나지 않기 때문이다. 자연의 소리를 오롯이 담은 전통 국악기의 음악은 '건강한 음악'이었다.

반면 헤비메탈을 빛의 파동으로 바꾸었을 때 결과는 이와 상반된다. 헤비메탈을 시각화한 그림은 모양이 삐죽삐죽한 데다가 질감도 거칠었다. 그 소리는 도시의 소음과 파동이 비슷했다. 또 대금 소리와 달리 채도가 낮고 거무죽죽해서 그 색깔을 구분하기 어려웠다. 음악만큼이나 날카로운 그림이었다. 헤비메탈은 좋아하는 사람들에게는 '좋은 음악'일 수 있다. 그러나 '건강한 음악'은 아니다.

과거에는 사상이나 교화의 목적을 지닌 음악들이 있었다. 새마을 운동 노래라든지, 건강 체조 노래, 어린이들이 밥 먹기 전과 후에 부르는 노래, 양치질 노래 등이다. 교육을 위해 부르는 구구단 노래, 천자문 노래 같은 것들도 있다. 1970년대에는 당시의 사상과 사회가 용인하는 범위에 넘어선 음악들을 금지하기도 했다. 지금 생각하면 의아한 송창식의 〈왜 불러〉, 신중현의 〈미인〉이나 〈아름다운 강산〉, 김민기의 〈아침 이슬〉처럼 주옥같은 곡들이 금지곡이었다.

한참 거슬러 올라가 백제의 서동요는 서동이 선화공주를 얻기 위해 퍼트린 참요(讖謠)라 알려져 있다. 노래 안에서도 여러 목적에 의한 것들이 있다. 놀랍게도 음악의 가치는 시대가 흐르거나 개인이 성장하면서 바뀌기도 한다. 그때 나쁜 음악은 지금 나쁜 음악이 아닐 수도 있다.

모두 알다시피 학교에는 '음악'이라는 교과목이 있다. 음악 시간은 누군가에게는 즐거운 시간이 될 수도 있지만 누군가에게는 아주 괴로운 시간이 되기도 했다. 가창 교육이 많았던 우리의 음악 시간은 변성기를 지나고 있는 친구들에게 큰 스트레스였다. 변성기의 목소리는 자신이 컨트롤할 수 있는 문제가 아니다. 게다가 노래 부르기를 실기 시험으로 본다니. 정말 학교 가기가 싫었을 것 같다.

한국에서는 사회성 향상이나 개인의 정서 순화를 위한 음악 교육이 필요하다. # 하나, ♭ 둘이 붙어 어떻게 조성이 되는지, 그리고 이것이 어떤 음악 형식인지가 삶에서 과연 중요할까? 노래의 음정을 잘 맞추는 행동이 얼마나 의미있을까? 입시 스트레스만으로 충분히 힘든데 음악마저 시험을 본다니, 재미가 있을 수가 없다. 이런 부정적 감정이 투영된 음악은 내 인생의 '나쁜 음악'이 된다. 물론 음악적 정보를 알면 더 많은 음악적 활동을 할 수는 있다. 그러나 억지로 그것을 머릿속에 집어넣었을 때는 나쁜 음악의 리스트만 더 늘어간다는 걸 알아야 한다. 그보다는 딱 들었을 때 좋다는 느낌, 박자에 맞춰 고개를 끄덕이게 하는 힘, 수업이 끝나고 문을 나섰을 때 즐거웠다는 감정, 즉 마음이 동했다는 것이 더 중요하다.

미국에서는 음악 교사 중 음악치료 훈련을 받은 교사들이 꽤 많다고 한다. 특수 교육을 함께 아우르려는 의도도 있지만 음악 수업에서 지식의 수집보다는 어떤 심미적 경험을 추구하기 때문이다. 가장 중요한 것은 '감동'이다. 음악적 경험을 통해 슬픔과 노여움, 기쁨과 즐거움의 많은 감정을 표현하고 공유할 수 있도록 이끄는 것이다.

현재 한국의 교육은 초등학교의 경우 보육적인 성격이 강하고, 중고등학교는 입시를 목표로 한다. 그러나 교화나 음악 정보의 학습에서 벗어나 사회성 향상, 스트레스 해소 목적의 음악 교육도 필요하다. 음악은 놀이처럼 부담 없이 즐길 수 있어야 한다. 잘하고 못하고의 평가보다는 함께 즐거웠다는 것이 중요하다. 점수를 매겨 등급을 나누기보다는 참여했는가, 안 했는가로 나누면 좋겠다. 매번 새로운 것을 추구할 수도 있지만 버전을 달리한 음악 경험도 좋다. 숙제를 남기지 말아야 한다. 그 시간 안에 해결하고 나머지는 원하는 이의 몫이다. 궁금하면 각자 더 시간을 쏟으면 된다.

보다 중요한 건 다양한 음악 경험을 통해 음악을 대하는 삶의 태도를 배우고, 연습을 통해 자신의 한계를 알고 깨어나가는 기쁨, 거기에 좋은 음악을 고르는 안목을 기르는 것이다. 그것이 바로 자신을 더 잘 알게 하는 것이다.

결국 좋은 음악은 어떤 방식으로든 내 마음을 흔들어 놓는 음악이다. 순수하게 음악에서 느끼는 감흥이 있을 수 있고, 추억이 있는 음악일 수도 있다. 여기에서 음악치료사의 음악 처방전은 그렇게 간단하게 결정되는 것이 아니라는 것! 좋은 음악은 이미 당신이 알고 있는 음악이자 앞으로 사랑하게 될 그 음악이다.

욕망을
노래해요

지독하게 푸른 여름이었다. 가만히 서있어도 등골에 땀이 주르륵 떨어질 만큼 불볕더위가 기승을 부렸다. 얼굴이 땀범벅이 되고, 에어컨 없이는 도저히 견딜 수 없는 여름 한가운데, 악기를 잔뜩 싣고 세션을 가는 나의 발걸음도 더위에 축 처져있었다. 초행길이었던 나는 이미 그 동네를 다섯 바퀴쯤 돌아 찾은 터였다. 건물 안은 고요했고, 공기는 무거웠다. 이따금 자판을 두드리는 소리와 전화벨 소리가 울렸다.

"활력을 주는 뭔가가 필요한데…."

내 앞에 앉은 이들은 빽빽한 공기를 마시면서도 그나마

자신의 일터에서 새로운 무언가를 한다는 소식에 모였다. 궁금해하는 얼굴들을 보니 그들보다 내가 먼저 감각을 깨워야 했다. 예정된 선곡을 뒤엎고 새로 음악을 고르기로 마음먹었다. 그래, 숲으로 가자. 음악을 듣고 이미지를 떠올리는 활동(music imagery)을 위해 청량한 숲 소리를 들려주기로 했다. 눈을 감고 소리에 귀를 기울이며 나는 한 걸음 한 걸음 사람들을 숲속으로 인도했다. 새소리가 지저귀고, 나뭇잎을 부비는 바람 소리가 살랑였다. 심호흡을 하고 상상 속에서 흙이 깔린 숲길을 걷자, 탄성이 들렸다.

"와 너무 시원해요!"

"숲속에 폭포 소리가 나는 것 같았어요."

"폭포 소리? 이 음원에 폭포 소리는 없는데요?"

"그래요? 분명 폭포 소리였는데… 지금도?"

재미있게도 그것은 폭포 소리가 아니라 에어컨 소리였다. 에어컨 소리가 눈을 감고 들으니 쏴아 하며 폭포 소리처럼 들린 것이다. 소리는 상상 속에서 자신을 뼛속까지 시원한 폭포 아래로 이동시킨다. 가장 익숙한 직장이란 공간을 음악적 상상만으로 물이 흐르는 숲으로 바꾸었다. 마법처럼 공간을 자연으로 바꾸어 버리면 사람들은 탄성을 지르며 나에게 신뢰의 눈빛을 보낸다. 그러면 나는 이제 당신의 마음이 어떤지 물어볼 수 있다.

직장인들을 만나는 일은 나에게도 활력이 된다. 치료의 성공과 실패를 가늠하는 부담감을 내려놓고 또래 친구들과 대화하는 것처럼 즐긴다. 일지에 대한 부담도 없고, 내가 경험해 보지 못한 분야의 직장인의 애환도 알게 되고, 치료사가 아닌 내 모습도 비춰보고, 지금 이 시대를 사는 사람들의 현장을 생생하게 들여다볼 수 있다. 사람들 역시 여러 직무 스트레스 프로그램 중에 음악치료라는 것을 선택한 분들이기에 호기심과 기대를 듬뿍 담아 들어온다. 팍팍한 회사 생활 중 하나의 이벤트다.

〈간밤에〉라는 노래가 있다.

"간밤에 흰 눈이 왔어요. 간밤에 흰 눈이 왔어요. 참 기쁘네요."

짧은 가사에 간단한 멜로디, 밤사이 '흰 눈'이란 단어 대신 내가 받고 싶거나 만나고 싶은 어떤 대상을 노래 가사에 넣어 부른다. 따라 부르기 쉬워 음악치료사들의 고정 레퍼토리로 쓰인다. 우쿨렐레 반주에 맞춰 부르는 이 노래는 노랫말을 바꾸는 간단한 일로 작사가가 되어볼 수 있다. 이렇게 완성된 나만의 노래는 작사가의 이야기를 끌어내는 불쏘시개 역할을 한다. 당신의 욕망, 지금 필요한 것, 당신의 목표 또는 꿈, 그것을 향한 당신의 감정 상태가 이 노래에 담겨질 수 있기 때문이다. 어떻게 보면 소주 세 잔은 마셔야지 나올 수 있는 깊은 속 이야기들을 단번에 끌어낼 수 있게 된다. 아무 거부감 없이 맨 정신에 노래로 말이다.

처음에 시작하는 사람들은 '치맥', 마라탕 등의 아주 소소한 소망이나 취향을 말한다. 그러다 점점 스케일이 커진다.

"간밤에 10억이 왔어요. 진짜 끝내주네요!"

"와, 10억이라니. 10억 가지고 뭐 하게?"

"10억 가지고 되겠어요? 하하."

"그래? 좀 더 쓸 걸 그랬나? 우리 엄마 요새 무릎이 아픈데 수술해 드리려고요."

"이 대리. 완전 효자구만."

"맞아요, 대리님. 저도 좀 나이 드니까 요새 부모님이 많이 늙으신 모습이 자꾸 눈에 걸려요."

"더 욕심내면 벌 받을 것 같기도 합니다. 하하하."

내가 깊게 개입하지 않아도 운만 띄우면 서로의 욕망에 용기를 북돋으며 공감해 준다. 동료의 스케일에 놀라기도 하고, 그 취향에 감탄하기도, 지금 처한 상황에 대해 간접적으로 알게 되기도 한다.

"간밤에 건물이 왔어요. 딱 개포동에요!"

"와, 진짜. 만약 그러면 나 회사 때려칠 듯."

"쉿, 사장님이 듣고 계셔."

"과장님, 진짜 구체적이네요. 개포동이라니."

"내가 매일 부동산 앱을 보고 있거든. 거기 재개발 들어가서 쭉쭉 올라. 영등포 쪽도 괜찮아."

"우와 몰랐네요. 그런 쪽에 관심 있으신 줄."

"알면 뭐 해. 돈이 없는걸."

"그러네. 하하."

회사에서 업무로 만나 일하던 흑백 광경에 이렇게 노래 하나로 형형색색 컬러가 덧입힌다. 동료의 인적 사항, 호구 조사 같은 이야기가 아니라 노래로 내 관심사, 내 취향, 내 마음을 나누게 된다. 노래를 부르는 순간만큼은 어떤 가사가 튀어나올지 몰라 귀를 기울이는데, 그 묘한 긴장감이 가수에게 집중하게 만든다. 사람들은 "이렇게 집중할 줄 알았으면 수능 만점 맞지"하며 허허 웃는다.

"간밤에 친구가 왔어요. 참 반갑네요."

"친구랑 엄청 친한가 봐요."

"네. 그런 것도 있는데, 저희가 맨날 퇴근이 늦은 일이라 시간이 잘 안 맞아요."

"저희 동대문 상가는 밤까지 해야 되잖아요."

"아, 그렇구나. 그런 어려운 점이 있네요."

"그냥 치맥 한잔하며 시원하게 수다 떨고 싶어요."

"나도. 나도 우리 엄마 본 지 오래됐어."

직업군에 따라 몰랐던 상황들이 불쑥불쑥 튀어나오는
데, 서비스직은 또 그 나름대로의 고충이 있다. 나중에 그
매장을 가게 되거나 그 제품을 쓸 때 생각이 난다. 이렇게
일하는 그곳에 '사람'이 있었다는 점을 말이다.

자기는 음치라며 부르는 걸 쑥스러워하는 사람들이 있
다. 걱정 마시라. 대리 가수, 음악치료사가 있지 않은가?
귓속말로 미리 귀띔을 받고는 목청껏 노래를 불러준다.
손에는 쉐이커를 쥐어주고.

"간밤에 치즈가 왔어요. 참 반갑네요!"

"치즈? 치즈 좋아하세요?"

"아 그게 아니고, 치즈는 저희 집 고양이 이름."

"치즈가 간밤에 왜 와요? 본 지 오래됐나 봐요."

대뜸 다른 사람이 묻는다.

"혹시… 치즈가 혹시 무지개 다리를 건넌거야?"

"어떻게!"

"진짜?"

조용히 미소 짓던 작사가가 말한다.

"아니, 집에 있어요. 하하."

"에이, 뭐야."

반전의 반전, 사람들의 노래에 대한 상상은 착각을 불러일으킨다.

"아파서 병원에 잠시 엄마가 데리고 갔는데, 빨리 가서 보고 싶어서요."

이 작사가는 유머가 있는 듯, 은근히 사람들의 착각을 즐기고 있다.

이렇게 다양한 삶이 간단한 노래에 담긴다. 담긴 노래는 내 노래이고 당신의 노래이다. 돈도 돈이지만 편안히 살고 싶어하는 욕망도 담겨있고, 가족에 대한 사랑도 담겨있다. 작사가가 자기 노래를 설명하는 방식에도 성격이 담겨있다. 이렇게 한 개인이 드러난다. 나의 가치관이 투영되고, 노랫말을 고민하며 지금 이 순간 내가 욕망하는 것을 표면 밖으로 끌어낸다. 내가 진정 원하는 것이 무엇인지 입 밖으로 뱉어내면서, 그것들은 삶의 목표가 되기도 하고, 사람들은 언젠간 해결해야 할 과제를 부여받기도 한다.

음악치료 세션이 끝나고 사람들이 문 밖으로 나서면서 말한다.

"이거 뭐 회식 백날 하면 뭐 해. 노래 한 번 부르는 것보다 더 모르는데."

이후 담당자가 후일담을 들려주었다. 〈간밤에〉라는 노래가 회사 히트송이 되었다고.

거대한 단체에서는 여러 가지 이유로 개인의 존재를 드러내기 어렵다. 단체는 개개인의 특성이 드러나는 순간 무너진다고 착각하고, 개인은 자신을 드러내는 순간 약점이 잡혔다고 위축된다. 그러나 개인의 색깔이 드러나면서 그제야 건강한 관계 형성이 이루어진다. 물론 상대를 향한 배려를 전제하에 말이다. 친구가 보고 싶다는 것, 고양이를 좋아한다는 것이 약점이라 생각한다면 너무 슬프지 않을까. 직함으로서의 누군가가 아니라, 자신의 솔직한 고민과 욕망이 건강하게 다루어졌을 때, 그리고 그것이 사심 없는 지지를 받을 때 개인의 색깔이 비로소 드러난다. 노래는 당신의 욕망을 아주 고상하게 드러낸다. 여기에 동료들의 추임새로 기분이 좋아졌다면 성공이다. 그러니까 노래로 동료들이 하나가 되었다는 기분 좋은 후기!

생을 관통하는
노래

사람은 어느 단계에 성취해야 하는 정신적 과제가 있다고 한다. 그것에 관한 연구는 주로 삶의 주기에서 가장 급변하는 유아기에서 청소년기에 집중된다. 최근 생애 주기가 길어지며 '청년'에 대한 개념도 변화했고, 신체적 나이는 더욱 젊어지고 있다. 하지만 정신적 성숙은 여전히 더딘 모양이다. 심리학에서는 보통 60세가 넘으면 살아온 날들에 대한 관성 때문에, 어떠한 계기로 행동의 변화를 일으키기 어렵다고 한다. 바꾸어 말하면 음악치료를 통해 긍정적 변화를 끌어내기 어렵다는 것이다.

그래서 60세 이후 음악치료 프로그램은 주로 '유산 만들기(legacy work)'에 집중한다. 개인의 삶을 돌아보며 그동안의 관계에 대해 생각해 보고, 삶의 의미를 찾으면서 마음을 정리할 수 있는 시간을 갖는다. 내 인생을 담은 노래를 찾고 그것을 가족들과 공유한다. 고인이 된 뒤 가족들은 그 노래를 유산처럼 여기며 애도한다. 호스피스 병동에서의 음악치료는 그렇게 이루어진다.

나의 할머니는 눈이 보이지 않았다. 젊은 시절 쨍쨍 내리쬐는 햇볕 아래 우물에서 물을 긷다가 갑자기 핑 돌아 쓰러졌고, 그 뒤로 시력을 잃었다고 했다. 아빠가 오 형제 중 막내였는데, 할머니는 자신을 가장 닮은 막내아들의 얼굴을 한 번도 보지 못했다. 큰집에 가면 할머니 무릎 가까이 앉아 "할머니, 수정이에요"라고 하면, 할머니는 가늘고 하얀 손으로 내 얼굴을 더듬더듬 만져보고는 머리를 쓸어주며 이렇게 말하곤 했다.

"그래. 왔니? 참 많이 컸다."

그러던 어느 날 내가 초등학교 2학년 때 즈음, 몇 달 동안 할머니를 우리 집에서 모신 적이 있다. 남동생은 아직 어려 부모님과 잠을 잤고, 할머니는 나와 같이 방을 쓰게 되었다. 그러니까 할머니는 나의 첫 룸메이트였던 셈이다. 낯선 집 구조를 금세 파악하시는 할머니의 방법이 궁금했던 나는 할머니를 관찰하기 시작했다. 할머니는 걸음 수를 재가며 화장실, 거실, 주방을 걸어다니셨다. 깔끔한 성격이셔서 보이지 않는데도 구석구석 걸레질을 하셨다. 할머니는 한 번 말씀드린 것들을 바로 기억해 주셨는데, 내가 종알종알 학교에서 있었던 일들을 이야기하면 다 기억하시고 맞장구를 쳐주셨다. 눈이 어두우실 뿐 총명하신 분이셨다.

온종일 할 수 있는 게 없었던 할머니는 나에게 노래를 가르쳐 달라고 하셨다. 무슨 노래를 알려드릴까 고민하던 나는 찬송가가 생각이 났고, 마침 가정 예배를 앞두고 있었다. 찬송가 책을 뒤적이다 배우기 쉽고 가사가 적당한 노래를 찾았다. 이 노래다! 〈복의 근원 강림하사〉.

아홉 살짜리 손녀딸은 자그마한 손으로 할머니의 손바닥에 박자를 쳐가며 한 구절, 한 구절 불러주었다. 할머니는 그 구절을 외울 때까지 반복해서 부르면서 되뇌셨다. 노래 가사를 다 외우는 데 그리 오랜 시간이 걸리지는 않았다. 할머니는 우리가 등교한 후 혼자 계실 때 늘 그 노래를 부르셨기 때문이다. 그리고는 얼마 있지 않아 큰집으로 가셨다. 며칠 뒤 큰엄마에게 전화가 왔다. 큰집에 목사님과 교회 사람들이 왔었는데 내가 알려준 〈복의 근원

강림하사〉를 다 같이 불렀다는 것이다. 우와! 작은 소녀
는 뭔가 큰일을 해낸 것처럼 뿌듯했다. 손녀딸에게 배운
노래를 다른 사람들과 함께 불렀을 때 마음이 어땠을까?
찬송가 하나로 캄캄한 세상에 새로운 문이 열렸다. 자신
과 사람을 연결하는 노래, 생각만 해도 가슴이 찌릿하다.

　할머니는 어떤 마음으로 세상을 사셨을까. 인생의 반이
넘는 세월 동안 캄캄한 삶 속에서 느꼈을 고립감, 도움 없
이는 아무것도 할 수 없다는 무력감이 영혼을 흔들어 놓
았지 않았을까? 상상조차 버거운 삶이다. 할머니를 마지
막으로 뵌 곳은 호스피스 병동이었다. 이제는 거동도 어
려운 상태로 손발이 통통 부어있었고, 몸과 팔다리는 앙
상했다. 눈처럼 새하얀 얼굴이 더 창백해졌다. 기운이 없
어 말씀도 잘 하지 못했다. 늘 그랬듯 나는 할머니 손을
잡고 귓가에 속삭였다.

　"할머니, 수정이에요."

　"그래. 왔니?"

　할머니는 통통 불은 손으로 내 손을 도닥였다.

　"지금 보면 너는 참 할머니를 많이 닮은 것 같아."

　돌아오는 길에 엄마가 말했다.

　"병원에서 할머니 말동무하며 팔다리를 주물러 드리는

데 뼈마디가 영락없는 너 같더라. 발 모양도 그렇고. 총명하시고, 뭐든 스스로 하려고 애쓰고 민폐 끼치지 않으려고 하는 성격도 너와 닮아있더라."

"그래? 뭐 어딜 가겠어."

할머니는 호스피스 병동에서 제법 활발하셨다고 한다. 요양사에게도 친절하시고, 같이 있는 병동 할머니들에게도 인기가 많았다고 한다. 흥이 많으셔서 기분이 좋은 날에는 열여덟에 부르던 〈도라지타령〉을 구성지게 부르셨다고 한다. 우리가 모르던 할머니의 모습을 전해 들으며 이상한 기분이 들었다. 가족과 있을 때보다 더 할머니다운 시절이었다.

내가 스물여덟 언저리 봄을 맞기 직전 가장 추웠던 어느 날, 할머니는 하늘나라로 가셨다. 우리 가족에게는 내가 태어난 이래 처음 맞이하는 장례식이었다. 잠잠히 준비하고 있었던 날이지만, 마음이 조각조각 베이는 것은 어쩔 수 없었다. 서둘러 옷을 갖춰 입고 장례식장에 들어섰다.

워낙 형제가 많은 터라 막내 손녀인 나는 구석에 앉아 자리를 지키는 일 말고는 할 수 있는 게 없었다. 사람들로 가득했지만 다행히 내 손님은 없었기에 혼자 애도할 수 있는 시간은 충분했다. 마지막 날까지 그렇게 마음을 추스렸다고 생각했다.

발인을 앞두고 예배를 하는 시간, 목사님께서 말한 찬송가를 펼치는 순간 숨이 턱 막혔다. 〈복의 근원 강림하사〉. 내가 아홉 살 아이였을 때 할머니에게 알려주던 그 노래. 나는 한순간 무너졌다.

"복의 근원 강림하사 찬송하게 하소서. 한량없이 자비하심 측량할 길 없도다…."

노래가 장례식장에 메아리처럼 울려 퍼졌다. 나는 정신이 아득해지며 애써 다독였던 마음이 터질 듯 부풀어 올랐다. 눈물이 샘처럼 솟아 숨이 가빠지고 두통이 왔다. 아! 이렇게 한 인생을 관통하는 노래가 또 있을까.

그 노래는 할머니가 평생 불렀던 단 하나의 찬송가였고, 교회에서 방문 예배를 드릴 때마다 꼭 부르던 노래였다. 노래를 부를 때 할머니는 평소의 목소리와는 다르게 크고 구성지게 찬송가를 불렀다고 한다. 나는 이제 가사도 가물가물한 이 노래를 말이다. 그 자리에 있던 사람들은 아마도 이 노래를 부를 때마다 할머니를 떠올릴 것이다. 할머니는 평생 부른 이 찬송가에 당신의 유산을 남기셨다. 호스피스 병동에서 여러 환자를 만날 때 나는 우리 할머니가 생각이 나 가슴이 먹먹하다. 우리 할머니, 노래를 좋아했던 우리 할머니. 내가 좀 더 자주 찾아가 다른 노래도 알려드렸다면 어땠을까. 악기 연주도 들려드렸다면 더 좋아하셨을 텐데. 음악치료사가 된 이후에 더욱 후회되는 일이다. 하지만 너무 늦었다. 바쁘다는 핑계도, 쑥스럽다는 변명도 다 늦고 말았다.

음악치료사의
악기 수집기

음악치료사들의 악기 수집 욕심은 끝이 없다. 악기는 음
악치료사들의 총알이다. 세션이라는 전쟁터에 뛰어들기
위해 최신 제품의, 또는 특별한 소리의 총알을 잔뜩 장전
하고 싶은 본능이랄까. 그래서 일상에서도 여행에서도 악
기가 될 만한 것들, 소리가 좋은 것들을 사 모으는 취미가
생겼다. 나의 악기 수집이 알려지자 주위에서도 안 쓰는
악기들을 보내주거나, 여행을 다녀와 무심하게 악기를 내
손에 쥐여주기도 한다.

내가 처음으로 수집한 악기는 일본 신주쿠 지하철 앞에
서 발견한 대나무 악기다. '해죽(海竹)'이라고 하는 일본

민속 관악기가 크기별로 좌판에 주르륵 늘어서 있었다.

"한번 불어봐도 돼요?"

나는 아예 살 요량으로 물었다. 친절한 주인 아저씨는
흔쾌히 허락해 주었다. 그의 아버지가 일본 어느 해안 지
방에서 이 관악기를 만드는데, 아들인 자기가 도쿄에 가
져와 팔고 있다고 했다. 옆으로 부는 관악기의 원리는 대
체로 비슷해서 소리내기에는 그렇게 어렵지 않았다. 병
을 불듯 입술을 대고 분다. 이것저것 불어보던 나는 두 개
정도를 골랐다. 어느 걸 사야 할까. 한 번 고르면 다시 바
꿀 수 없으니 잘 선택해야 한다. 그런데 고른 악기를 보고
그가 깜짝 놀란다. 악기를 너무 잘 골랐다고. 그걸 어떻게
아는지 묻자 영업 비밀이지만 나에게만 살짝 알려준다.
실은 악기 끝에 작게 줄을 그어 표시를 해두었는데, 줄이
많을수록 좋은 악기라고 한다. 내가 고른 악기에는 세 개
의 줄이 그어져 있었다. 좋은 악기라 하자 기분이 좋아진
나는 망설이지 않고 구입할 수 있었다. 당시 주머니 사정
상 꽤 지출이 컸지만 기분 좋은 수집이었다.

태국에서 일명 '득템'한 개구리 두 마리도 있다. 아마
도 동남아 여행을 좀 다녀본 사람들이라면 이 악기를 본
적이 있을 것이다. 한국의 '어(敔)'와 같은 원리의 악기인

데, '드르륵' 하고 나무로 된 개구리 등을 긁으면 개구리
소리가 난다. 크기도 만두 찜통만 한 커다란 개구리부터
손바닥에 쏙 들어가는 개구리까지 다양하다. 가볍기는 어
찌나 가벼운지. '드르륵, 드르륵' 그 소리가 청량해서 기
분이 마구마구 좋아진다. 수상 시장의 근처 상점에서 갈
색 개구리와 검정 개구리를 입양해 왔다. 이번에도 역시
소리를 하나하나 내보며 마음에 드는 다른 소리 두 개로
선택했다. 손바닥에 조심스레 올려 쥔 후 개구리 등에 오
돌오돌 솟은 부분을 드르륵 긁는다. 이때 개구리를 쥔 손
을 너무 꽉 쥐면 소리가 잘 나지 않는다. 개구리가 숨 막
히지 않도록 살포시 쥐어 소리를 내야 한다. 이 악기는 의
외로 나이 있으신 중년 아주머니나 어르신들에게 인기가
많다. 개구리 소리가 고향 집에서 어릴 때 듣던 소리 같다
나. 어린 시절 자신을 아껴주던 아빠 생각도 난다고.

일본 도야마에서 사온 어린이용 '빈자사라(板ざさら)'
는 우리나라 박처럼 나무를 엮어서 소리를 내는 타악기
다. 원래는 한 뼘짜리 나무판을 엮은, 1.5미터 가까이 되
는 긴 길이의 악기로 양손으로 끝을 잡고 '탁! 탁!' 흔들
어 친다. 나무판의 크기에 따라 각자 다르지만 경쾌한 소
리를 낸다. 연주 모습이 마치 빨래를 터는 모양인데, 양팔

을 넓게 벌린 상태에서 연주하기 때문에 마치 춤을 추는 것 같다. 실제로 도야마 지역에서는 간단한 노래와 함께 춤을 출 때 이 악기를 연주한다. 일본 합장촌의 한 기념품 가게에서 구한 이 악기는 가볍고 크기가 작은, 기존의 반 쪽짜리 악기이다. 그 모양이 꼭 칫솔 모양처럼 생겨서 아이들에게 인기가 많다.

다음으로 아메리칸 인디언 피리는 서부 영화에 많이 나오는 관광지인 미국 모뉴먼트 벨리의 한 상가에서 샀다. 향삼나무를 파서 만든 부는 악기인데, 불 때마다 은은한 나무 향이 느껴진다. 악기의 취구와 지공 사이에는 깃털이 매달려 있다. 깃털은 키판을 고정하는 용도로 소리 내는 것과는 관련이 없지만, 깃털의 촉감이 한들한들 손가락에 걸려 아릿한 느낌을 준다. 그냥 취구를 물고 불면 다섯 음이 나는 아주 간단한 악기, 그런데 다섯 음을 차례대로 불기만 해도 음색에서 미 서부 사막의 느낌이 물씬 난다. 고된 인디언들의 삶과 감성이 악기 소리에 그대로 묻어나는 것만 같다. 그 자연 친화적인 소리에 자동으로 힐링이 된다.

친구가 칠레 마추피추에서 공수해 온 밤껍질 악기도 내가 아끼는 악기다. 친구는 음악치료에 쓰라고 수줍게 몇 가지 악기를 가져왔다. 여행 중 짐도 많았을 텐데 나를 생각하며 바리바리 소중하게 싸온 그의 따뜻한 마음이 느껴졌다. 밤껍질을 여러 개 엮어 흔들면 후두두 소리가 나는 악기인데, 눈을 감고 들으면 계곡 여울에 작은 바윗돌이 부딪치는 소리 같다. 흔들기도 하고 손바닥으로 부비기도 한다. 그러면 고실고실한 밤알 껍질이 자기들끼리 투닥거린다. 악기 손잡이에는 잉카 제국 특유의 형형색색 원색 조직의 천조각이 붙어 있다. 그 선연한 색감을 보고 있으면 마추피추가 도대체 어떤 곳인지 가보고 싶다는 생각이 든다. 비록 재질이 약해서 세션에서 쓰면 산산조각 날지도 모르겠지만 내가 귀중하게 모시는 악기다.

악기라고 이름 붙은 것만 소리를 내는 건 아니다. 다른 용도로 태어났지만 아름다운 울림을 주는 악기가 있다. 바로 사기로 된 냉면 사발이다. 슈퍼바이저 교수님께서 수업 중에 소개해 준 이 악기의 출신지는 바로 홈플러스다. 마트에서 그릇을 고르다 그릇끼리 부딪쳤는데 소리가 너무 예쁘더란다. 그래서 소리가 좋은 그릇을 몇 개 골라 가져왔다고 했다. 하얀 냉면 사발은 구슬 구르듯 예쁜 소리가 났는데, 나의 수집 욕구를 자극하기에 충분했다. 바로 홈플러스로 달려갔으나 품절이었다. 아니, 그 수업 들는 사람들이 다 사간 거 아니야? 나는 그 뒤로 몇 번의 방문 끝에 하얀 냉면 사발을 손에 넣을 수 있었다. 그 그릇은 쇠로 된 정주나 종과는 또 다른 울림이 있는데, 도자기가 갖는 영롱한 소리가 마음에 들었다. 배합이 좋지 않거나 속에 잔금이 가 있으면 맑고 깨끗한 소리가 나지 않는다. 여러가지 말렛으로 쳐서 실험해 본 결과 둥근 고무가 달린 말렛으로 치는 것이 가장 좋은 소리가 났다. 바로 세션에 투입! 사람들은 그릇이 악기로 쓰일 수 있다는 것에 놀라고, 그 아름다운 소리에 반했다.

어느 날엔가 한 고등학교 음악실에서 한국의 사물 악기와 함께한 적이 있다. 사물 악기란 알다시피 풍물놀이에서 쓰이는 네 가지 악기로 꽹과리, 장구, 북, 징을 말한다. 수업을 시작하기도 전에 음악실은 지진이 난 것만 같았다.

"꽹꽹꽹, 구구궁궁궁, 쿵따쿵따."

다듬어지지 않은 타악기들이 마구 두들겨졌다. 그건 연주라기보다 마구 때리고 있었다는 게 맞겠다. 스무 명의 아이들이 귀가 아프도록 두들겼으니까. 그러다 한 아이가 아무도 관심 두지 않던 징을 쳤다.

"지이이이잉~."

소리가 그리 크지도 않은데 갑자기 공기가 달라졌다.

아이들은 두들기던 악기를 멈추고 일제히 소리가 나는 곳을 돌아보았다. 그러자 한순간에 징 소리만 남긴 채 깊은 바다 속처럼 적요하다. 마치 시끄러운 도시 소음 속에서 갑자기 진공 상태의 우주선에 들어간 기분이었다. 징을 연주한 그 아이는 모두가 자신을 주목하고 있다는 사실을 알고 있다는 듯, 무거워진 공기 사이로 징을 한 번 더 연주했다.

"지이이이잉~."

징 소리의 여운이 사라질 때까지 아이들은 누가 시키지도 않았는데 말하지도, 소리내지도 않았다. 혈기 왕성한 사춘기 아이들이 말이다. 가만히 소리의 진동을 느꼈다. 징 소리가 바람을 타고 사라지자 적막을 깨고 한 아이가 말했다.

"숲속 산사에 와 있는 것 같아."

예전부터 꼭 갖고 싶었던 악기로 버팔로 드럼이 있다. 커다랗고 둥그런 테두리에 가죽이 덜렁 씌워져 있는 아주 간단한 악기다. 이 악기 역시 아메리칸 인디언들이 쓰던 전통 악기로 버팔로의 가죽을 씌워서 만들었다. 최근에는 유아용, 음악치료용으로 가죽을 손쉽게 플라스틱 합성으로 만들지만, 가죽을 씌워 만든 악기는 그 질감이 아주 거칠고 원초적이다. 소리 역시 저 깊은 곳에서 심장을 두드리는 듯한 소리가 나서 괜히 마음이 울렁거린다. 센터에서 매년 악기를 구입해 주는데, 급한 악기들을 먼저 주문하다 보니 버팔로 드럼은 순위에서 늘 밀렸다. 그리고 6년차에 드디어 이 악기를 손에 넣을 수 있었다. 소리 내는 방법은 둥근 원 안쪽에 왼손을 넣어 악기를 붙잡고 오른손으로 가죽을 두드리거나, 끝이 뭉툭한 말렛으로 연주한다. 악기가 클수록 손으로 지탱하기 어려워 한쪽 몸에 기대어 연주하는데 그 낮은 울림이 온몸을 흔든다. 말로 표현하기 어려울 만큼 감격적이다. 세상에 이런 소리도 있었나. 저 멀리 내가 모르는 신이 나를 부르는 것 같은 소리다. 악기의 진동이 내 몸을 타고 울려 온 피부로 듣는 것만 같다. 소리는 귀로만 듣는 게 아님을 알았다. 직접 그 진동을 느껴봐야 버팔로 드럼의 매력을 알 수 있다. 그 매력에 누군가는 깊이 빠진다. 세션에서 사람들이 이 버팔로 드럼을 고를 때 나는 은근히 기대한다. 내가 경험한 그 울림을 당신도 느껴보기를 바라면서.

악기들은 그 소리 자체만으로도 마음에 감흥을 준다. 이어폰이나 스피커로는 느낄 수 없는 라이브의 힘이 있다. 가죽의 따뜻한 감촉, 쇠 재질의 차가운 온도, 흔들면 피어나는 나무 냄새, 손끝에 흐르는 줄의 진동, 악기의 온몸에서 품어져 나오는 음향이 심장을 미친 듯이 뛰게 한다. 판을 뒤집는다. 악기들의 시작은 다 자연의 소리에서부터 시작되었다. 소리 안에 바람이, 햇살이, 나무와 숲이, 물과 지구가 있다. 거기에 사람도 있다. 정제되지 않은 날것의 악기들이 오히려 많은 사람의 감흥을 일으킨다. 온 우주의 밀도를 바꾸어 버린다.

악기들을 꼭 필요한 곳에 사용해서 사람들을 만물과 연결해 주는 것도 우리 음악치료사의 일이다. 세계 각국에서 모인 악기들이 나의 세션에서 소리를 내고 있다. 다양한 소리가 다양한 사연과 만날 때, 그 진동이 사람들의 마음을 울릴 때 기분이 묘하면서도 뿌듯하다. 내 악기 가방에는 동생 부부가 가나에서 보내준 아프리칸 쉐이커, 아슬라투아가 짤랑거리고 있다. 이제 이 악기는 누구의 마음을 두드릴까. 어디선가 나는 또 두리번거리며 새로운 소리를 찾아다닐 것이다. 그렇게 나의 악기 수집은 계속된다.

가장 편안한 음악,
자장가

파랗고 신비로운 눈을 가진 아기가 아빠 품에 안겨있다.
아빠가 피아노로 브람스의 자장가를 연주한다. 그러면 그
작고 사랑스러운 아기는 아빠를 향해 배시시 웃는다. 노
래가 채 끝나기도 전에 아기는 커다란 눈을 끔뻑끔뻑하다
사르르 품속에서 잠이 든다. 참 아름다운 광경이다. 음악
을 들려주면 알아서 잠이 든다니!

　이 장면은 대학생들에게 음악치료 직업과 관련해서 특
강할 때 꼭 보여주는 영상이다. 음악이라는 자극을 주면
잠을 자는 행동과 결합되어, 같은 자극을 줄 때마다 그 행
동이 반복되는 '행동주의' 심리학 이론에 딱 맞는 사례이

기 때문이다. 마치 종이 울리면 밥을 먹을 생각에 침을 흘리는 파블로프의 개처럼 말이다. 이 영상을 보여주면 학생들은 귀여운 아이의 모습에 "꺄아!" 소리를 지른다. 이어 음악을 들으면 잠이 든다는 사실에 또 한 번 놀란다. 후후, 귀여운 것들. 나는 학생들의 반응에 기분이 좋아지곤 했다. 맞아, 음악이란 이런 힘이 있다고!

아이가 태어났을 때 나는 잠재우는 것 하나만큼은 자신 있었다. 이렇게 음악을 이용하면 되지 않겠어? 그러나 실전은 다른 법, 하루에 열두 번을 재워야 하는 신생아에게 나는 〈섬집 아기〉 노래를 잠 들 때까지 불러주었다. 그런데 이상하다. 아기는 그 영상처럼 드라마틱하게 잠이 들지 않는 것이다. 아직 어려서 그런가. 좀 더 해보자.

"엄마가 섬 그늘에…."

한 200일쯤 되었을까? 여느 때처럼 아기띠에 아가를 안고 〈섬집 아기〉를 불렀다. 그런데 아기가 영롱한 눈빛으로 가만히 나를 올려다보는 게 아닌가! 드디어 노래에 반응하는 거니? 눈을 깜빡깜빡 엄마를 응시하는 아가. 노래를 부르는 엄마의 입술을 그윽하게 바라보고 있던 아기가 갑자기 손을 뻗는다. 그러고는 자그마한 손으로 내 얼굴을 만지는가 싶더니 노래를 부르는 내 입을 턱 막는 게

아닌가! '응? 이게 무슨 일이지?' 〈섬집 아기〉라는 노래
가 들리면 잠을 자야 한다는 것을 알아버린 아가가 엄마
의 잠 신호를 거부한 것이다. 하, 맘대로 안 되는 게 자식
이라더니.

아가의 입막음 사건이 있은 후, 나는 적지 않은 충격을
받았다. 잠이 자기 싫은 걸까? 노래가 싫은 걸까? 왜 이
론대로 안 되는 거지? 특강에서 내가 학생들에게 했던 이
야기가 거짓말이 된 것만 같아 죄책감이 들었다. 음악치
료사로서 자존심에 금이 가는 일이었다. 〈섬집 아기〉를
부르면 오히려 말똥말똥해지는 아가에게 이제 다른 노래
를 불러보기로 했다. 이 곡은 어때? 이 노래는 어때? 〈반
짝반짝 작은 별〉, 〈곰 세 마리〉, 〈자장자장 우리 아가〉 등
아는 동요를 총동원하고, 클래식을 틀어보기도 하며 나름
의 실험을 하고 있었다.

이론은 이론일 뿐이었던가? 심리학 개론서에 나오는
행동주의는 그보다 고단수인 우리 아가에게 먹히지 않는
방법이었나 보다. 나도 모르게 아이를 실습 대상으로 본
걸까? 후회가 들었다. 이러나저러나 아가는 쉽게 잠들지
않았다.

돌 즈음 되었을 때, 하루는 낮잠을 자려고 아가와 방에

들어갔다. 아가는 낮잠 시간인 것을 알았는지 스스로 침대에 올라가 눕더니 자기 손으로 가슴을 토닥토닥하는 게 아닌가? 엄마를 보며 "자, 자"라고 하는 아기.

"자장자장 불러달라고?"

바로 알아챈 엄마가 대견했는지 아기가 활짝 웃었다.

"자장자장 우리 아가, 잘도 잔다. 우리 아가."

아기가 예쁜 미소를 지으며 엄마를 바라보더니, 엄마가 다음 노랫말을 부르지 않자 새빨간 꽃잎 같은 입술로 말한다. "꼬, 꼬", 다음 가사였다.

"꼬꼬 닭아 우지 마라. 우리 아가 잘도 잔다."

아가는 엄마를 바라보며 눈을 깜빡거리다 토닥이는 엄마의 손을 살포시 잡고는 잠이 들어버렸다. 세상에! 이런 기적 같은 일이 나에게도 벌어진 것이다. 우리 아가가 선택한 자장가였다.

그 뒤로 아가는 졸릴 때 자기 가슴을 토닥토닥하는 시늉을 하며 엄마에게 잠 신호를 보냈다. "엄마, 재워주세요" 하고 말이다. 혹시 내가 너무 아이를 내 방식대로 통제하려고 한 것은 아니었을까. 아가는 스스로 잠이 오는 것을 깨닫고 자기가 잠이 오는 노래를 선택해서 잠 신호를 보내는데 말이다. 게다가 그 노래는 할머니의 할머니가 아가를 재울 때 부르던 향토민요 자장가이다. 이쯤 되면 엄마가 아가를 키우는 건지 아가가 엄마를 훈련하는 건지 모르겠다. 이렇게 아가에게서 엄마는 배운다.

한동안 불면증이 있었다. 침대에 누우면 온갖 생각이 파도처럼 밀려와 내 머릿속을 헤집어 놓기 일쑤였다. 오늘 내가 실수한 것에 대한 '이불 킥', 상처받은 일들에 관한 분노, 해야 할 일들, 내일 일어날 수 있을까 하는 걱정, 갑자기 소식이 궁금해진 누군가, 오늘 다 못 한 것에 대한 후회, 배고파 냉장고 문을 열까 말까 하는 소소한 고민들을 하다 보면 까무룩 시간이 가고, 그러다 보면 잠들고 싶어도 잠이 안 와 밤을 꼬박 새운다. 누우면 왜 그런 생각들이 나는 걸까? 24시간 중 내가 나에 대해 집중할 수 있는 때가 바로 이때밖에 없어서 그럴까. 생각은 멈추려고 해도 불쑥불쑥 튀어나온다.

그러나 잠은 자야 한다. 잠은 낮 사이 지친 신체와 뇌에 휴식을 주고 다음 삶을 살기 위한 에너지를 모으는 귀중한 순간이다. 몸은 잠시 에너지를 비축하고, 뇌는 하루 동안의 기억을 차곡차곡 수집하면서 쓸데없는 기억을 버리고 정리하는 시간을 갖는다. 사람마다 각자 필요한 잠의 시간이 있는데. 그게 충족되지 않으면 몸이 축나고 뇌도 과부하를 일으킨다. 잠의 질도 중요한데 다들 잠깐 자더라도 '꿀잠'을 자면 몸이 가뿐해지는 걸 느낀 적이 있을 것이다. 반대로 뒤척뒤척 잠을 잘 자지 못했다면 깊이 잠드는 램 수면에 도달하지 못했다는 것이다.

그렇게 침대 위에서 자려고 애쓰다 보면, 내 몸이 많이 긴장되어 있다는 걸 느낀다. 쉽게 잠드는 사람은 자기 긴장을 잘 풀 줄 아는 사람이다. 눈에는 잔뜩 힘이 들어가 있고, 목부터 어깨까지 내려오는 근육은 잔뜩 성이 나 있다. 다리는 저리고 허리는 뻐근하다. 그럴 때면 나는 나만의 음악을 들으며 몸의 긴장을 풀어준다. 뇌를 이완시키려면 몸을 먼저 풀어야 한다. 발목과 팔목, 머리를 좌우로 흔들어 풀어준 뒤 팔과 어깨에 힘을 내리고 최대한 침대에 몸을 맡긴다. 눈동자를 사방으로 천천히 돌리고 혀를 내밀어 얼굴 안에 있는 속 근육에 잔뜩 솟아오른 긴장을 잠시 내려놓는다. 내 근육이 잘 움직이고 있나 몸에 집중하다 보면 생각이 조금씩 줄어든다.

음악은 내 몸에 집중할 수 있는 안내자가 된다. 잠깐 나만의 음악을 소개하자면 바로 영화 '〈인터스텔라〉의 OST'이다. 눈을 감고 들으면 우주에 둥실 떠있는 기분이 든다. 침대 위 명상, 이쯤 되면 별 것 없다. 평소 내가 신체 어느 부위에 긴장도가 높은지 알게 되면 그 긴장을 푸는 게 훨씬 쉬워진다. 살다보면 긴장할 일이 꽤 많지 않은가? 사람마다 다르겠지만 나는 긴장하면 특히 어깨가 많이 경직되는 걸 느낀다. 몸의 긴장도가 높으면 실수를 유발할 수 있으니, 자기 전 이런 긴장을 푸는 연습을 해두면 좋다. 경직된 몸을 인지하고 나면 긴장도가 훨씬 줄어든다. 음악을 따라 길게 숨을 내쉬고 뱉으며 누워서 하는 마음의 운동, 몸의 다독임을 해본다. 그리고 잠의 중력에 점차 빠지게 된다.

그러니까 영상 속의 아기는 거짓말이 아니었다. 우리 아가도 말이다. 단지 바보 같은 엄마가 곡을 잘못 선택했을 뿐. 영상 속 아가는 브람스의 자장가가 자신에게 꼭 맞는 자장가였고, 우리 아가는 민요 자장가가 자신에게 꼭 맞았던 것이다. 아가들은 세상에서 가장 편안한 음악, 엄마가 불러주는 자장가를 들으며 눈꺼풀이 무거워지고 근육이 이완되며 몸의 긴장이 풀어진다. 이윽고 잠의 세계에 빠지게 된다. 이럴 때 보면 오히려 아가들이 어른들보다 자신의 몸을 잘 다룰 줄 아는 것 같다.

나를 잠들게 하는 음악은 무엇일까? 그러니까 자신의 취향을 잘 알고 있으면 조금은 쉬워진다. 들었을 때 편안한 자기만의 자장가를 찾아보자. 유명 아이돌의 숨은 명곡이 될 수도 있고, 오래된 팝송이 될 수도 있다. 클래식이 될 수도 있고, 재즈가 될 수도 있으며, 국악이 될 수도 있다. 가사에 꽂히기도, 목소리에 심취하기도, 아니면 어느 한 악기가 꽤 맘에 들 수도 있다. 그 음악이 당신 몸을 활짝 여는 아주 편안한 안내자가 되어 긴장된 마음을 풀어주는 역할을 할 것이다. 불면증 따위는 두렵지 않도록.

저는 가요를
듣지 않습니다만

가요를 잘 듣지 않았다. 어릴 때부터 그리 좋아하지 않았고, 음악을 전공으로 한 뒤에는 가요를 아예 듣지 않았다. 가사가 있는 노래는 왠지 유치하게 느껴졌다. 사실 이건 기악 전공자들의 허세다. 가수들을 쫓아다니면서 공연을 보고 굿즈를 사는 또래를 보면 뭔가 한심하게 느껴졌다. 쯧쯧, 그 가수가 너를 알기나 할까? 왜 시간과 돈과 마음을 그런 곳에 쓰는지 이해할 수 없었다. 유일하게 학창 시절 콘서트 티켓을 끊고 음반을 사 모으며 열광한 이는 바로 첼리스트 '요요마'였다. 지금도 나는 〈바흐 프렐류드 1번〉 첫 소절만 들어도 그 호흡에서 요요마인지 아닌지 구분할 수 있다.

그 흔한 팬클럽도 가입하지 않는 10대 소녀는 대학에 와서 약간의 좌절을 느꼈다. 동아리에서 노래방에 가면 아는 노래가 없었기 때문이다. 충격적이었다. 아는 노래가 진짜 하나도 없는 데다 기계음에 노래를 부르는 것에도 '현타'가 왔다. 음대에 다니는 애가 노래를 못 부른다는 사실도 뭔가 겸연쩍어 나는 노래방에 간다고 하면 "피곤해서 이만"이라 말하고 피하게 되었다.

음악을 포기한 이후, 한참 경연 프로그램이 유행하기 시작했다. 〈슈퍼스타K〉, 〈K팝 스타〉가 시작되었고 공중파에서도 심심찮게 많은 노래 경연 프로그램이 등장했다. TV를 보면서 나의 치열했던 순간들이 생각나 많은 위로가 되었다. 맞다, 저렇게 힘들었지. 그땐 왜 몰랐을까? 공감도 되고 아쉽기도 했다. 심사위원들은 날카롭지만 따뜻한 조언으로 성장을 독려한다. 배려가 담긴 심사평을 들으며 누군가 지지해 준다는 것이 큰 힘이 된다는 점도 느꼈고, 나에게는 그것이 누구였을까 돌아보기도 했다. 누군가의 실력을 판가름하기보다 이제 실력은 기본이 되고 취향의 문제가 되어버린 것 같다. 그만큼 판도 커지고 다양한 수요가 생겼다. 숨은 강자들이 저만의 스토리를 가지고 음악을 한다는 사실과 많은 실패와 좌절 속에서도 끝까지 그것을 지켜내고, 그 모든 과정이 얼마나 가치 있는지를 지켜보는 일은 보는 사람도 덩달아 심장 뛰게 만드는 일이었다.

음악치료사가 되고 나서는 가요를 조금씩 듣게 되었다. 세션을 나가려다 보니 내가 가요를 너무 몰랐다. 대부분 중고등학생은 아이돌을 모르면 아예 말도 섞으려 하지 않았다. 좋아하는 아이돌에 대해 조금 아는 척을 하면 아이들은 빗장을 열고 술술 이야기를 꺼낸다. 트로트나 유행이 지난 가요들은 그래도 살면서 주워들은 것이 있는데, 지금 10대들이 좋아하는 노래는 뭔지 전혀 몰랐다. 그래서 가요 차트를 보며 공부 아닌 공부를 시작했다.

"너희는 왜 '마마무'를 좋아해?"

"왜요? 선생님은 마마무 싫으세요?"

"아니, 너무 좋은데 아무래도 외모가 되게 예쁜 느낌이 아니고 음악이 다른 아이돌 스타일하고는 다르니까."

"그게 좋은 건데요?"

"응?"

"노래를 너무 잘하잖아요. 그리고 맴버들끼리 합이 너무 잘 맞잖아요. 우리 무무들은 그걸 좋아해요."

"아하, 그렇구나. 무무들이 마마무 팬들 말하는 거지?"

"그리고 예쁘거든요!"

"그래, 미안."

이렇게 가끔 내가 상상한 그들의 취향이 빗나갈 때가 있다. 내가 생각하는 인기 아이돌은 예쁜 외모에 예능에 잘 나오고 재미있으면서도 춤도 잘 추는 그런 사람들이었다. 그런데 생각보다 아이들은 외모도 외모지만 목소리가 좋아서, 노래를 잘해서, 곡을 잘 써서, 맴버 단합력이 좋아서, 노랫말이 좋아서 등 나름의 기준이 있었다. 그리고 그것이 음악을 바라보는 기준이었다.

어떤 학기엔가 수업 시간 전, 반 아이들이 돌아가며 각자 좋아하는 노래를 소개해 주기로 했다. 그런데 고2 남자아이가 '델리스파이스'의 〈고백〉을 들고 온 것이다.

"너, 이 노래 어떻게 알았어?"

"그냥 랜덤 듣기 하다가 노래가 좋아서 다운받아 들었어요."

"와, 정말? 이 노래 꽤 오래됐는데… 어디가 좋아?"

"그냥 편안하고 가사가 좋아서요."

2003년 노래를 2020년대에 고등학생이 듣다니, 그것도 '최애'곡으로. 내가 나이 들었다는 게 새삼 느껴지기도 했지만 명곡은 세대를 불문하고 좋아하기 마련인가 보다. 취향이란 지극히 개인적이다.

어린 친구들과 소통하기 위해 들었던 가요는 나에게도 취향이란 걸 만들어 주었다. 뒤늦게 '동방신기'의 아카펠라에 빠져 밤새 유튜브를 시청했다. 이제는 화질도 좋지 않은 동방신기 활동 영상을 보며 아카펠라는 왜 이렇게 잘 하는지, 그때는 왜 몰랐는지 생각하며 몇 번을 돌려 보았다. '2PM'의 역주행 곡 〈우리집〉은 많은 '으른이'를 불러 모았다. 나도 그중 하나이고.

이상하게도 대중들이 잘한다고 실력을 인정하는 기준과 다르게, 내가 '좋다'라고 느끼는 기준은 아무래도 목소리다. 절절한 발라드보다는 음색이 독특하면서도 편안한 느낌을 주는 가수들에게 저절로 안테나가 향한다. 내 취향이 아니더라도 공기를 변화시키는 힘이 느껴지는 목소리, 이를테면 '성시경', '정승환', '김필'의 목소리에 마음이 따뜻해진다. '악동뮤지션 이수현'의 목소리는 어느 성에 있는 공주님의 노랫소리 같고, '크러쉬'의 온화한 음색은 사람을 집중하게 만든다. '볼빨간사춘기'의 독특한 음색이나 '제이레빗'의 매끈한 목소리는 하루를 상쾌하게 만든다.

'아이유'를 처음부터 좋아한 것은 아니었다. 그저 여느 아이돌이라고만 생각했다. 그런데 아마도 《꽃갈피》때 부터였을 것이다. 노래가 나온 한참 후에 찾아 듣고 호감을 갖게 되었다. 그런데 점점 깊어지는 아티스트적 면모가 보이기 시작했다. 오케스트레이션이 화려한 초창기 아이유 노래도 좋지만, 자신의 이야기를 하면서 그녀는 더욱 빛이 났다. 아이유 노래를 필사하고 있노라면 단어 하나, 말붙임 하나 고심해서 골랐다는 게 느껴진다.

넌 모르지 떨군 고개 위 환한 빛 조명이 어디를 비추는지

느려도 좋으니 결국 알게 되길

요즘 꽂힌 아이유의 〈셀러브리티(Celebrity)〉 가사 일부다. 거기에 붙은 멜로디는 가사가 더욱 잘 들릴 수 있도록 한다. 음악적 센스가 돋보이는 부분이다. 아이유는 숨은 명곡이 많아 종종 뒤늦게 터지는 곡들이 있다. 이를테면 〈내 손을 잡아〉 같은 곡. 그제까지도 나의 플레이리스트에 올린 노래는 〈이름에게〉다. 가사도 멜로디도 뭔가 뭉클하게 하는 감흥이 있다.

일생에서 음악을 가장 많이 들을 때는 10대 때라고 한다. 이때 들은 음악이 평생의 취향을 좌우한다. 아무리 가요를 즐겨 듣지 않았던 나도 내가 10대 때 나온 노래가 나오면 나도 모르게 엉덩이가 움찔하고 고개를 끄덕이며 리듬을 탄다. 잘 부르지는 못해도 멜로디 정도는 흥얼거릴 수 있다. 그 세대가 가지고 있는 특징일 것이다. 또 내가 자주 쓰는 방법이 있는데 바로 나이를 알고 싶을 때 좋아하는 노래를 묻는 것이다. 그러면 최애곡으로 얼추 그 세대를 유추할 수 있다.

"그 노래, 언제 처음 들었을까요?"

이 질문의 의도는 바로 당신의 세계에 한발 가까이 다가가기 위함이다.

코로나19로 인해 '코비드 블루'가 퍼질 정도로 우울한 시기였다. 그때 등장한 임영웅은 트로트로 많은 세대를 위로해 주었다. 매주 난관을 극복하며 목소리 하나로 많은 사람들의 마음을 뒤흔들었던 옛 노래들, 그 노래가 트로트였다. 그가 경연 중 부른 〈어느 60대 노부부 이야기〉는 그의 팬이 아니었던 나도 잔잔한 감동이 이는 노래였다. 인터넷 댓글에는 '트로트를 듣지도 않던 1인인데 임영웅 가수가 감성을 건드려 날 울린다'는 내용이 많았을 만큼 그 감성의 접점이 컸던 모양이다. 2002년 월드컵 하면 윤도현이 생각나듯, 코로나19 하면 임영웅이 생각날

것 같다.

한편으로 세대를 뛰어넘는 개인의 취향도 생겨난다. 음악을 접하는 매체가 다양해지면서 이제는 옛날 음악도 꺼내 들을 수 있다. 세상에는 정말 많은 음악이 있다. '이날치'의 〈범 내려온다〉부터 〈쇼미더머니〉에서 부른 '비오'의 〈Counting Stars〉까지. 예전에 비해 TV에 나오는 음악들이 세대를 다양하게 아울러 어린 친구들이 판소리를 좋아하기도 하고, 40대가 'BTS'를 좋아하기도 한다. 취향이 뒤섞이는 시대에 살고 있는 것이다. 그 많은 음악들이 어떤 계기로 내 인생 곡이 되기도 하고 누군가에게는 어떤 시절을 떠올리는 곡이 되기도 한다. 음악이, 노래가 없었으면 이 삶은 얼마나 재미없었을까. 위로가 되는 노래를 가진다는 것, 가사 한 소절을 듣는 것만으로 그때, 그곳으로 돌아갈 수 있는 노래를 만난다는 것은 여느 치료사의 치료보다도 훨씬 낫다.

오늘도 나는 이번 주 가요 차트를 확인한다. 학창 시절, 가요 따위는 전혀 듣지 않던 내가 말이다. 지금 이 시간 나의 최애 아이유가 가요 차트 순위에 걸려있는 것을 보고 갑자기 기분이 좋아진다. 내 가수가 잘되면 나도 기분이 좋다. 그들의 음악을 상상하며 이 글을 쓰는 내내 행복

해진다. 가요가 유치하다는 말은 취소다. 덕질이 한심하
다는 말도 취소하겠다. 나는 내 가수의 노래들로 충분히
감성의 포만감을 느낀다. 그들의 노래로 충만해졌으니 그
들에게 뭐든 해주고 싶다. 이래서 덕질을 하는 건가 싶다.
행복해지기 위해서 말이다.

방구석
예술가

살면서 내가 가진 무지함을 깨는 몇 가지 순간들이 있다. 스물네 살의 뉴욕에서의 일이 나에게 그랬다. 청소년과 성인의 경계에서 벗어나 이제 막 나 자신이 되려고 발버둥치는 나이, 세상의 어떤 자극이 주어져도 그 크기가 증폭되어 스펀지처럼 흡수되는 시기에 맞닥뜨린 뉴욕은 내 전 생애를 통틀어 가장 충격적이었다.

뉴욕대학교 'IMPACT' 과정은 음악과 미술, 무용 등 다양한 예술 장르가 서로 소통하며, 과학 기술과도 융합된 활동을 한다. 전공이 무엇이든 모든 장르의 비언어적 예술을 경험할 수 있었다. 그곳에서 가장 많이 들은 말은

'너의 경험을 나누라'였다. IMPACT 과정을 통해 함께 경험하고 감정을 공유하면서 예술 작품을 만들 수 있는데, 경험을 바탕으로 상상력을 증폭시켜 나만의 것이 나오게 하는 훈련인 셈이다. 작곡가는 곡을 쓰고, 연주가는 연주를 하고, 미술가는 직접 오브제가 된다. 그 방식이 서투르고 완성되지 않아도 그 나름의 가치가 있었다.

움직임 즉흥 수업을 들었을 때의 일이다. 수업에 들어온 강사는 사뭇 무용수 같지 않은 통통한 몸매의 백인 선생님이었다. 우리의 눈빛을 의식한 듯 그녀는 웃으며 말했다.

"누구나 춤을 출 수 있어요."

이 수업에 참여한 학생들은 단 한 명도 무용 전공이 없었지만 그 말에 조금은 용기를 얻었다.

방법은 이랬다. 한쪽 손으로 '낮게(low), 중간(middle), 높게(high)'의 세 단계로 높이를 정한다. 손의 위치를 정하는 약속 말고 다른 것은 없다. 처음에는 모두가 한 손을 무릎 높이로 낮게 들어 유지한 상태로, 누군가 이끄는 듯 음악에 몸을 맡겨 움직이는 것이다. 한 손이 무릎 아래에 있으니 허리를 굽히거나 한쪽으로 기운 형태의 몸짓이 이루어졌다. 천천히 걷기도 하고 음악이 빨라지면 빠르게 손을 따라가기도 한다. 다음은 허리 높이 정도의 몸 중간에 손을 위치하고 음악에 맞춰 움직여 본다. 그다음은 머리 위로 한 손을 높이 들어 유지한 상태로 움직인다.

처음에는 무슨 몸치들의 향연처럼 어색한 몸뚱이로 어찌할 바를 몰랐다. 그런데 음악에 기대어 움직이다 보니 전체적으로 그럴싸한 그림이 그려졌다. 다음으로 강사가 손의 위치를 외치면 바로 바꾸는 규칙을 하나 추가했다.

"로우! 하이! 미들! 로우!"

그러자 손의 위치 하나로 동작에 일체감이 생겨났다. 공간감이 느껴지기 시작하자 우리는 서로의 영역을 침범하지 않는 상태에서 즉흥적으로 몸을 움직였다.

마지막 약속은 각자 마음속으로 10을 세는 동안 손의 높이를 유지했다가 바꾸는 것이다. 한층 어색함이 덜어진 몸의 움직임은 점점 정교해져 순간 맨해튼의 무용수가 된 착각까지 들었다. 숫자를 세는 호흡은 각자가 달라 어떤 이는 빠르게 위치를 바꾸었고, 어떤 이는 느렸다. 몇 가지 규칙에 자율성까지 더하니 몸에서 어떤 감성이 느껴졌다. 표정도 더 당당해졌다. 현대 무용의 한 장면을 보는 것 같았다. 이 모든 게 단 두 시간 만에 이루어진 일이다.

이제 끝나고 경험한 것에 대한 느낌을 공유할 차례다.

"나는 살면서 겨드랑이를 드러내면서까지 손을 들어본 적이 없어요. 오늘 처음이에요."

"맙소사, 나는 열 살 이후로 춤을 춰본 적이 없어요. 근데 오늘 그걸 깨트렸어요."

"나는 내가 새가 된 것 같았어요."

"난 좀 다른데, 손의 위치가 결정되었다는 것이 편안하던데요. 만약 그런 약속도 없었다면 나는 오늘 이상한 문어가 되었을 거예요."

어색함과 낯섦이 묻어난 몸짓이었지만 진중했다. 어설프면 어때. 다른 방식의 예술은 내 근육을 평소와는 다른 방향으로 단련시켰다. 관성적으로 연습하던 음악과는 다른 감각이었다.

다양한 경험으로 감각을 일깨우는 일이나 예술적 감수성을 갖게 되는 일처럼, 나는 이런 경험이 예술가뿐만 아니라 세상을 살아가는 모든 사람들에게 필요하다고 생각한다. 상상력을 예술적으로 구현할 수 있는 힘, 자기표현이야말로 자기 삶의 고단함을 덜어주는 에너지가 된다.

예술은 꼭 거창한 것만은 아니다. 안무가 안은미는 일상의 몸짓에서 춤을 짓는 예술가다. 움직임을 가르치지 않는다는 그녀는 할머니들의 몸짓을 흉내 내려 하지 않고 할머니들을 직접 무대에 올렸다. 그 작품은 '조상님께 바치는 댄스'가 되었고 '아저씨들을 위한 무책임한 댄스' 혹은 수험생들의 '사심 없는 댄스'가 되었다. 일상의 움직임이 곧 춤이 되었다. 그의 작품에서 나는 해방감을 느낀다. 중년 아줌마들의 댄스는 관광버스에서나 볼 법한 춤사위지만 표정에서 행복함이 서려있었다. 자유롭다. 누구나 춤을 출 수 있다. 관객들은 나도 한번 올라가 추고 싶다는 마음을 꾹 참다, 마지막에는 엉덩이를 들썩이는 자신을 마주한다. 예술은 별게 아니었다.

몸과 마음은 생각보다 아주 긴밀하다. 신체 컨디션이 좋으면 마음의 크기도 커진다. 인지 심리학에서도 적당한 운동은 뇌의 활성화를 돕고 안정감을 느끼며 인지 능력에 영향을 준다고 한다. 그러나 신체 컨디션이 좋지 않으면 마음이 버티기 힘들다. 신체의 표현은 결국 인지 능력을 향상하고 정서를 부드럽게 하는 역할을 한다. 따라서 스트레스를 이겨내는 장벽이 두터워진다. 건강한 표현으로 건강한 몸과 마음을 유지할 수 있는 것이다. 그런데 어릴 때부터 건강한 표현을 배우지 못하면 성인이 되어서 자생할 수 있는 능력을 기르지 못하게 된다. 건강한 표현이란 무엇일까? 여기서 예술 교육이 중요해진다.

유치원에서 하던 촉감 놀이, 오감 놀이는 어른이 되어서는 할 수 없을까? 초등학교 때 했던 미술 수업, 음악 수업, 발레 수업, 체육 수업을 왜 중학교, 고등학교에서 계속할 수는 없을까? 피아노 학원, 태권도 학원, 미술 학원에서 배운 것들은 왜 어른이 되어서도 계속 활용하지 못할까? '1인 1악기'를 장려한다며 나라에서 지원을 해줄 때는 언제고 고등학생이 되면 왜 공부만 하라고 할까?

입시 교육에 갇혀 한번 그 맥을 끊기면 예술 활동을 계속하기 어렵다. 또 학원에서 배우는 예술은 기술 위주로 가르치기에 자기를 표현하는 방법은 배우기가 힘들다. 더불어 피아노 학원을 6년이나 다니고도 반주 하나를 못하는 게 현실이다. 데생만 배우다 내가 그리고 싶은 그림은 한 번도 그려보지 못한 채 학원을 그만둔다. 남 얘기가 아니고 '나'의 이야기다. 기회를 놓치면 자기표현을 상실하게 되고, 예술을 즐기고 영위할 수 있는 힘을 잃는다. 그래서 꾸준히 내 삶 속에 친구 같이 있어줄 예술이 필요하다.

예술 활동은 단순하고도 반복되는 삶 속에서 살아있음을 느끼게 하고, 자기의 존재 가치를 일깨우게 한다. 단순한 감상이 아니라 능동적인 예술 활동을 통해서 자신을 표현하는 게 가능하다. 또한 인간이 할 수 있는 가장 고양

된 형태의 움직임인 예술은 돈이 들지 않아도 된다. 음악을 틀어놓고 막춤을 추는 것, 좋아하는 노래를 흥얼흥얼 연습하는 것, 종이 귀퉁이에 펜으로 그림을 그리는 것 모두 능동적인 예술 활동이다. 그런데 어딘가 익숙하지 않은가? 그렇다, 바로 유치원 때 하던 행위다.

예술 활동은 표현의 창구다. 서툴러도 그게 나다. 예술은 현재 나의 감정을 가장 진실하게 담을 수 있는 도구이고, 세상을 살아가는 안목 역시 높인다. 그것으로 내 삶의 고단함을 조금이라도 잊는다면 예술의 목적은 충분히 달성되었다고 할 수 있을 것이다.

누군가 이야기했다. 미래 사회에서 부자들의 취미 활동은 바깥에 있지만, 가난한 자들의 취미 활동은 스마트폰 속에 있다고. 그런데 내 내면의 미래를 그렇게 규정할 필요는 없지 않은가. 소소한 활동이라도 모두 예술이 될 수 있다. 모든 걸 빨리 배울 필요는 없다. 남보다 뛰어날 이유도 없다. 그저 천천히 내 옆을 지켜줄 예술 활동이야말로 스스로를 치유하는 것이다. 그러니까 손가락을 움직이고 입을 열자. 음악을 틀고 일어서서 움직이자. 비록 '방구석 예술가'일지라도 말이다.

3장

노래로 기록한
기쁨과 슬픔

자기가 다
치유받고 싶은 사람

뻔하고 뻔한 날들이었다. 무기력함은 이미 나를 지배하고 있었다. 이렇게 늘어져 있다간 뭐도 안 되겠다 싶어 닫힌 문을 열고 집을 나섰다. 밖은 여전히 눈부셨고, 가로수는 푸르렀으며, 사람들은 어디론가 바쁘게 움직였다. 가만히 바라보았다. 저들을 움직이게 하는 건 무엇일까. 예전의 내가 그랬듯 사람들은 무언가를 향해 간다. 가야 할 목적지가 있고, 해야 할 일이 있었다. 나만 멈춰 서 있었다. 이제 나는 어디로 가야 할까. 오랜만에 올려다본 하늘은 티끌 하나 없이 파랗다. 마음이 시리다. 그래, 다시 살아봐야겠다.

그곳에 모인 사람들은 다양했다. 이제 갓 스무살이 되어 진로를 고민하는 학생부터, 전문 연주자, 음악 교사, 음악을 전공했지만 결혼이나 출산 등으로 활동하지 못한 사람, 전직 개그맨, 음악과 봉사를 좋아하는 사람, 모두 음악이라는 공통점이 있었다. 그들은 음악이 좋아서, 음악으로 남을 돕고 싶어서, 음악의 힘을 전하고 싶어서 음악치료를 배우고 싶다고 했다. 음악치료가 뭔지도 모르고 무작정 온 나에겐 참으로 미안해지는 말이었다. 모두들 자기를 표현하는 데 거침이 없었고, 웃음소리가 컸다. 어떻게 자기 상처를 아무렇지 않게 이야기할 수 있을까? 너무나도 순수하지 않은 목적으로 온 나는 길고양이처럼 몸을 움츠렸다.

지금 생각해 보면 그들이 아무렇지 않았던 건 아니다. 음악치료를 공부하러 온 사람들은 다 상처가 있는 사람들이다. 그렇지, 자기 상처가 없는 사람들이 타인의 아픔을 알아채고 공감하기란 쉽지 않지. 교수님은 치료사 스스로가 음악치료로 인한 정화 단계가 없다면 진정한 치유자가 되기 어렵다고 했다. 맞다. 내가 경험해 보지 않고 다른 사람의 마음을 어루만진다는 건 썩 내키지 않는다. 의도치 않은 거짓말쟁이가 된 기분이다. 음악치료의 근본은 기술이나 기법의 문제가 아니다. 또 자격증이 주어진다고 모두 좋은 치유자도 아니다.

수업 시간에 우리는 서로 치료사가 되고 내담자가 되었다. 음악이라는 기술을 어떻게 치료에 사용할 것인지 익히면서 내가 알던 음악적 개념을 완전히 뒤집어 놓았다. 사람들은 고백을 통해 조금씩 자신의 알을 깨부수었다. 어린 시절의 자신과 화해하고, 이해할 수 없었던 부모의 뒷모습을 알아갔다. 그리고 누군가를 미워하는 지옥 같은 마음에서 해방되었다. 그 과정을 지켜보면서 그저 놀라울 따름이었다. 사람들은 하루하루 경계를 넓히며 단계를 밟아갔다.

그래도 좀처럼 깨지지 않는 건 나였다. 사람들은 마음을 건드리자마자 아스러졌고, 그 힘으로 탄력을 받아 다시 일어났다. 그런데 내 마음의 벽은 너무도 굳게 버티고 서있었다. '절대 열리지 않겠다'고 다짐한 것도 아닌데, 내 이야기는 입 밖으로 나오지 않았다. 마음이 동하지 않았고, 유난히 내 시간만이 조용히 고여있었다. 그런데 이렇게 방어 자세로 움츠린 나에게 눈물 폭탄이 터지게 된 사건이 있었다.

즉흥으로 진행된 음악치료 기법 시간이었다. 피아노 앞

에 지정된 사람 둘이 나란히 앉았다. 나와 어떤 이였다. 정확히 기억은 안 나지만, 내가 몇 가지 음을 랜덤으로 누르면 거기에 내 파트너가 반주를 하든 피아노를 두드리든 다른 곡을 치든 나를 지지하는 음악 행위를 하는 것이었다. 그러니까 내가 내담자가 되고, 파트너가 치료사 역할을 하는 것이다. 나는 아무 생각 없이 독수리 타법처럼 검지손가락으로 건반을 "뚱뚱뚱뚱" 쳤다. 그러자 파트너가 낮은 건반 위로 손을 올리더니 내가 친 음을 이용해 몽환적인 분위기의 화음을 펼쳐놓았다. 마치 드뷔시의 〈달빛(Claire de lune)〉처럼.

흐르는 물 같았다. 주위가 어두워지고 중력을 잃은 채 우주에 둥 떠오르는 기분이 들었다. 차갑고 시린 몸에 음 하나하나가 나를 담요처럼 따스하게 덮었다. 이윽고 어지럽게 녹아들어 내 몸이 사라진 것만 같았다. 우주의 먼지가 된 것처럼. 갑자기 뜨거운 눈물이 주체할 수 없게 주르륵 흘러내렸다. 힘이 빠져 나도 모르게 주저앉고 말았다.

연주가 다 끝나고 파트너는 나를 꼭 안아주었다. 그제야 가까스로 숨을 쉴 수 있었다. 호흡을 가다듬고 이제 질문에 답을 할 차례였다. 나의 고해성사가 시작될 참이다.

"예전에 제가 손이 안 좋아졌을 무렵에 유럽 투어를 떠

난 적이 있어요. 그때 이런 즉흥 음악들을 했는데⋯ 저는
한없이 초라한 상태였죠. 그런데 같이 음악하던 사람들이
나를 일으켜 주었어요. 내가 할 수 있는 만큼 지지해주고
기다려 주었죠⋯ 내가 살아있다는 느낌이 들게 해 주었거
든요."

"음악이 그 기억을 불러일으켰군요."

"갑자기 이 음악을 들으니까, 그때 생각이 났어요. 그때
위로 받았던 느낌을요."

내 경험이 그 음악을 만나 나를 녹아내리게 한 것이다.
인상주의 느낌의 화음을 듣자마자 내 몸이 파르르 떨렸
고, 순간 그때 그 기억이 강렬하게 밀려왔다. 인간은 경험
적 산물임을 몸소 느낀 순간이었다. 우연의 일치인지 그
파트너는 파리 유학파 피아니스트였고, 주 종목이 드뷔시
였다.

주위를 둘러보니 사람들이 나를 따스하게 바라보고 있
었다. '이제 너도 알았구나'라는 눈빛. 기묘하게도 그 눈
빛이 나쁘지 않았다. 그때 깨달았다. 여기 모인 이 사람들
은 자기가 다 치유받고 싶었던 사람들이라는 걸. 이곳에
그저 우연히 온 것은 아니라는 걸. 상처를 말하는 것이 쉽
지 않았지만 음악을 통해 나보다 좀 더 빨리 용기를 냈다

는 걸. 그리고 그것은 결코 쉬운 일은 아니었다는 걸.

눈물을 마시고 자란 나무의 열매는 짤까? 가끔은 내가 소금 덩어리가 아닌가 싶을 정도로 울었다. 고장 난 수도 꼭지처럼 시도 때도 없이 눈물이 났고 숨이 가빴다. 그런데 지금은 웬만한 일에는 눈물이 나지 않는다. 면역력이 생겼는지 가벼운 일엔 상처를 받지 않는다. 과거, 감정의 쓰레기통을 비우고 쓸고 닦아 나는 다이아몬드처럼 단단해졌다. 나에게 자주 물어본다. 지금 내 마음은 어떤지. 진정으로 원하는 게 무엇인지. 나를 발견하고 무너뜨리고 다시 세우며 내면을 단단하게 다독이는 동안, 나는 전보다 강해졌다. 성찰의 시간을 가지면 조금은 사는 게 편해졌다.

그래서 나는 기억에 남는 음악적 순간을 꼽으라면 그때 느꼈던 그 마음을 말하고 싶다. 미련을 버리고 후련해졌던, 음악으로 도닥임을 받았던 그 순간. 유리 같은 멘탈에 담요처럼 따스한 보호 장비가 씌워진 그때. 결국 모든 게 폭삭 내려앉고 다시 일으켜 세웠던 날. 그렇게 나도 음악으로 치유를 받았다.

예쁘다는
말

사람마다 각자 가지고 있는 언어의 감성이 다르다. 언어
란 추상적인 음악과는 다르게 직설적이면서도 여러모로
오해를 불러일으킨다. 모든 뜻을 다 담고 있는 듯 보이지
만 실은 결핍투성이다. 같은 말을 해도 소통이 안 될 때도
있고 기분이 상할 때도 있다. 오해로 똘똘 뭉친 언어가 오
갈 때면 내겐 오히려 음악이 좀 쉽겠다 싶다.

'예쁘다'는 말이 바로 그렇다. '예쁘다'는 말을 들을 때
마다 괜히 민망하고 낯간지럽다. 나에게 예쁘다는 말은
왠지 '여자가 능력은 부족한데 외적인 것을 내세운다'와
같이 부정적으로 들렸다. 예쁘게 꾸미기 위해 화장을 하

는 건 뭔가 거짓말을 하는 것 같았다. 열심히 해서 실력으로 인정받아야지 미모로 퉁치려고 하는 걸 느낌이었다.

자기 스스로를 예쁜 공주라고 부르는 친구가 있었는데, 그럴 때마다 속이 울렁거렸다. 어떻게 자기 입으로 예쁘다는 말을! 공주는 또 뭐야? 내가 나를 예쁘다고 생각한 적은 단 한 번도 없었다. 그래서 누군가 나에게 예쁘다는 말을 하면, 바로 "어휴 아니에요" 하며 손을 내저었다. 그저 인사치레로 하는 말일 수도 있지만 내가 무슨 꼬투리라도 잡혔나 마음속으로 자기 검열을 하게 되었다. 내가 타인에게 예쁘다고 말하는 것도 조금은 인색했다. 혹시나 실례가 되지 않을까 하는 마음에서였다.

나에게 예쁘다는 말을 가장 많이 해준 사람은 애인도, 남편도 아닌 시어머님이다. 결혼하고 어머님은 나를 "우리 예쁜 며느리"라 불렀다. 남편도, 우리 엄마도 안 해주는 그 말이 너무 간지럽고 얼굴이 달아올라 몸 둘 바를 몰랐다. 어머님은 내가 만난 사람 중 세상에서 최고로 다정한 사람이었다. 그런데 이상한 일이다. 자꾸 들으니 새삼 기분이 좋았다. 좋으면서도 민망한 두 가지 다른 마음이 몽글몽글 피어나 서로 볼을 비볐다. 나도 좀 예쁜가?

슈퍼바이저 교수님은 나를 "예쁜 구 선생"이라 불렀다.

서른이 넘은 아줌마가 뭐가 예쁘다고… 진심으로 나를 예쁘게 생각하는 걸까? 아니면 그냥 다른 사람에게도 으레 붙이는 수식어일까? 내 마음속의 의심이 불쑥불쑥 올라왔다. 어느 날엔가 나를 "예쁜 구 선생"이라 불렀을 때, 궁금함을 참지 못하고 물었다.

"저는 왜 그 말이 그리 좋지만은 않지요? 여러 감정이 들어요."

"그래요? 예쁜 걸 그냥 예쁘다 받아들이면 되는데… 그렇지 않군요."

"네. 저는 그 말을 들으면 진짜 예뻐서 그런가 싶기도 하고, 이 사람이 나에게 뭘 바라고 그러는가 싶기도 해요. 예쁘다는 말은 왠지 능력도 없는데 예쁜 걸 무기 삼는 것 같기도 하고요."

"구 선생한테는 '예쁘다'는 말이 그리 긍정적이지는 않네요."

"생각해 보니 그러네요. 그리고 저는 제가 예쁘다고 생각한 적이 한 번도 없어요."

"하하, 그래요? 세상에 안 예쁜 사람은 없지요."

"그렇긴 한데 그 대상이 제가 되면 왜 이렇게 쑥스러운 걸까요?"

"어릴 때 엄마가 구 선생한테 제일 많이 했던 말이 뭐예요?"

"음… 잘한다?"

"그렇구나. 예쁘다는 말은 잘 안 해줬어요?"

"네. 거의 들은 적이 없었던 것 같은데….'"

"사람마다 특정한 단어에 갖는 감성이 다 다르죠. 그게 어린 시절 경험일 수도 있고, 교육된 걸 수도 있고. 구 선생은 아마도 그게 '예쁘다'란 말인가 보네요. 집에 가서 잘 한번 생각해 보세요."

어째서 엄마는 나에게 예쁘다는 말을 해주지 않았던 걸까. 궁금한 마음을 못 참고 얼른 엄마한테 전화를 걸었다.

"엄마는 왜 나한테 예쁘다고 안 해줬어?"

돌아오는 말은 사뭇 쿨하다.

"예쁜 건 기본이고."

"뭐야, 진짜."

"엄마 눈엔 정말 잘하더라고. 아기 때 말도 잘하고, 잘 걷고, 젓가락질도 너무 잘하고. 그림도 야무지게 잘 그리고. 정리정돈도 잘하고. 그래서 잘한다 했지."

엄마는 딱히 '예쁘다'란 말에 특별한 의미를 싣진 않았다. 나를 키우면서 몇 번쯤은 '예쁘다'고 말했을 수도 있겠다. 또는 내가 기억하지 못했던 걸 수도 있다. 오히려 '잘한다'라는 말은 가장 익숙한 말이었다. 나는 엄마에게 잘한다는 말을 듣기 위해 열심히 노력했는지도 모르겠다. 어린 시절 나에게는 잘한다는 말은 아주 강력한 주문이었으니까. 나는 지금까지 '원래 갖고 있는 예쁨'보다는 '노력해서 얻는 잘함'에 가치를 두고 살았다. 잘하고 싶었다. 노력해서 얻는 게 아니면 내 것 같지 않았다. 더구나 가정에서 첫째라는 위치도 뭔가 본을 보여야 한다는 압박감을 주었나 보다. 그렇게 생각하게 된 이유는 나도 모르게 어릴 때부터 들었던 '잘한다'란 말 덕분이었다. 그런데 그 말은 아무런 악의 없는, 아니 오히려 사랑스러운 마음을 담은 부모님의 언어였다.

그러니까 '잘한다'는 말은 내가 잘하는 것에 목표를 두고 살게 했고, 더 잘하기 위해 나를 채찍질한 말이다. 내가, 그렇게 살았구나. 거기까지 생각이 미치자 물음표가 느낌표로 바뀌었다. 교수님께서 집에 가서 생각해 보라는 의미가 이런 것이었을까. 이제 그렇게 잘하려고 애쓰지 않아도 돼. 나에게 '쓰담쓰담' 셀프 위로를!

사실 '예쁘다'는 말에는 여러 가지 의미가 있다. 생긴 모양새가 아름다운 것도 예쁘지만, 행동이나 동작이 보기에 사랑스럽거나 귀여운 것도 예쁘다고 말한다. 또 예의가 바른 아이를 보고 흐뭇한 감정도 예쁘다고 한다. 나는 그중 하나의 의미만을 크게 부풀려 받아들인 모양이다.

그렇다면 내가 무심코 내뱉는 말이 누군가에게는 큰 영향을 줄 수도 있겠다. 말의 무게가 느껴진다. 아이들에게는 학창 시절 선생님의 말 한마디가 중요하듯, 나의 말 역시 누군가에게 큰 영향을 주었을 수 있다. 그러므로 사람들을 만날 때 나는 내가 어떤 언어를 썼는지 곱씹어 보고 반성한다. 내가 만난 아이들에게 나는 있는 그대로를 사랑하는 말을 해주었을까? 아이들은 좋은 정서를 더 민감하게 받아들인다. 예쁘고 좋은 말을 써야겠다.

아직 예쁘다는 말에 "당연하지!"라고 뻔뻔하게 대답할 수 있을 만큼 괜찮아지지는 못했다. 여전히 뒷목이 간지럽고 민망하며 숨고 싶다. 그러나 언어가 어떤 정서를 가지고 있느냐에 따라 전혀 다른 뜻으로 받아들여질 수 있다는 사실을 배웠다. 그렇게 여러 말들과 사건의 조각들로 나의 내면이 완성되고 있다.

그래서 나는 딸에게 예쁘다고 말해준다. 밥 잘 먹어서 예뻐, 잘 놀아서 예뻐, 안아달라 올려보는 너의 모습이 예뻐, 그대로의 네가 최고로 예뻐. 그러면 아이는 우주의 별

빛 같은 눈동자를 반짝이며 세상에서 가장 행복한 얼굴로 나를 바라본다.

이렇게 딸이 엄마에게 배운 가장 첫 단어는 '예쁘다'다. 이제 갓 말을 시작한 아이가 눈을 맞추며 서툰 입술로 "옙뻐"를 말할 때 나는 사르르 치유되는 느낌을 받는다. 내가 미처 털어내지 못한 이 단어의 감성을 아이는 어떻게 알았을까. 아이의 예쁘다는 말은 전혀 다른 느낌으로 나를 보듬는다.

오늘도 무엇이 좋은지 "깔깔깔" 개구쟁이처럼 웃던 나의 딸은 갑자기 엄마를 그윽하게 바라본다. 그 예쁘고 자그마한 손으로 엄마 얼굴을 서툴게 쓰다듬으며 말한다.

"엄마 예뻐."

그 말에 엄마는 사르르 녹아내린다. 고맙다, 딸아. 오늘도 이렇게 나는 너에게 가장 예쁜 사람이 된다.

듣는 자와
말하는 자

음악치료사의 덕목은 '잘 들어주는 것'이다. 사람들의 말을 놓치지 않고 적절한 반응을 하며 잘 들어주는 것. 말속에 있는 의미를 해석해 주기도, 그의 분노에 공감해 주기도 하면서 잘 들어주다 보면 당장 무슨 해결책을 내놓지 않더라도 일단 시원한 기분이 들게 할 수 있다. 사람들은 '임금님 귀는 당나귀 귀' 같은 심정으로 이야기를 한다. 물론 음악치료사는 비밀을 유지할 의무가 있어 대숲에서처럼 발설하면 안 된다. 나처럼 남의 인생에 관심 없던 사람이 음악치료사가 된 것도 놀랍지만, 이 덕목은 실은 나의 짝꿍, 바로 남편이 키워준 능력이다.

연애 시절부터 나의 짝꿍은 다정한 수다쟁이였다. 모든 일과를 마치고 우리는 늦은 저녁을 먹으며 수다를 떨었다. 그렇게 대화를 나누고도 집에 돌아가는 길에 또 전화로 수다를 떨었다. 정확히 말하자면 수다라기보다는 나는 듣고 그가 말했다. 그렇게 한참을 통화하고 나서 낮에는 통 연락이 없었다. 그는 유학 준비 중이어서 늘 도서관에 있었고, 나 역시 바빴으며, 또 한 가지 이유를 꼽자면 비밀 연애였기 때문이다. 워낙 겹치는 인맥이 많았기 때문에 낮에는 주로 메시지를 보냈다. '이제 밥 먹는다. 도서관 간다. 학교 간다' 따위의 시시콜콜한 동선을 공유했다. 하루가 끝나갈 무렵, 그는 내가 어디에 있든 만나러 온다. 그러면 늘 그래왔듯 늦은 저녁을 먹으며 밀린 이야기를 나누었다.

남편의 유학 시절, 시차가 뒤바뀐 그때는 인터넷 전화로 밤새 통화를 했다. 한국은 밤 12시, 미국은 아침 8시. 그 시간은 조교를 하던 그가 출근하던 시간이었다. 이야기를 한참 하다 보면 나는 늘 졸음에 못 이겨 전화를 끊곤 했다. 어느 날엔가는 통화를 하다 설핏 잠이 들었나 보다. 눈을 떠보니 아침이었다. 내 귀에는 여전히 이어폰이 꺼 있었다.

"잘 잤어?"

"응?"

알고 보니 대화를 하다 내가 잠이 들었고, 그는 그 상태로 계속 일을 했던 것이다.

"뭐야, 나 코 골았어?"

"뭐, 그냥 조금?"

"아니, 왜 안 끊고 있었어?"

"그냥. 깨면 얘기하려고 했지."

뭔가 창피하면서 이상한 기분이 들었다. 이 사람이 심각한 스피커라는 걸 그때 알았어야 했는데.

결혼 후 그의 수다는 폭발했다. 서로의 집에 가면 끝나던 수다가, 이제는 아침에 깨서 밤에 잠들 때까지 이어졌던 것이다. 남편은 꽤 재미있는 이야기꾼이었다. 그의 주변에는 황당한 일이 많이 일어났고 그는 그걸 아주 낙관적으로 말하는 사람이었다. 이야기를 듣고 있자면 기가 막히고 어이없으면서도 나도 모르게 미소를 짓고 있었다. 치명적인 단점도 있었다. 했던 말 또 하기는 기본이고 내가 멈춰달라고 할 때까지 꺼지지 않는 라디오라는 점이다. 세수할 때도 말하고, 화장품 바를 때도 말하고, 침대에 누워서도 말한다. 책을 읽을 때도 말을 하고, 일을 할 때도 내 뒤를 졸졸 쫓아 다니며 말을 한다. 양파를 까거나 칼질을 하는 동안 말을 하고 있으면 내가 칼끝을 어디로 향해야 할지 아득했다. 게다가 목소리 데시벨은 왜 이리 높은지! 설거지할 때 잘 안 들린다고 말하면 더 크게 말해 준다.

"잠깐, 잠깐! 나 이거 집중해야 하니까 한두 시간만 멈춰줘."

그럼 그는 입이 오리처럼 부르르 불어터지며 서운한 눈빛을 감추지 못했다.

"알았어."

드디어 스피커에서 억지로 배터리를 뺐다. 조용해지긴 했지만 품새가 딱 봐도 삐졌다. 그 모습에 나도 신경이 쓰인다.

"그래서 어떻게 됐다고?"

그러면 그는 해맑게 웃으며 다시 스피커를 켠다. 다행인 건지 그는 토라진 게 오래가지는 않는다. 그런데 이런 상황들, 어디선가 겪어본 것 같은데!

엄마에 대한 기억은 질문에서부터 시작된다.

"이게 뭐야? 왜 그런 거야?"

나는 질문이 많은 아이였고, 엄마는 한 번도 내 질문에 허투루 대답해 준 적이 없었다. 엄마는 모든 것을 아는 척 척박사 같았다. 나는 학교 가는 길에 보았던 토끼풀꽃과 농장에서 젖소 아줌마에게 인사했던 일, 조회 시간 담임 선생님이 했던 말씀, 1교시부터 4교시까지 배운 것들, 친구들과 신나게 했던 놀이, 하굣길에 줄지어 어디론가 가는 개미들, 이제 막 꽃망울을 맺은 아카시아 나무에 대해 이야기했고, 차들이 '슝슝' 달리는 신작로를 어떻게 용감하게 건넜으며, 우리 집 초록색 대문을 열어 엄마 얼굴을 확인한 것까지 말했고, 그래야만 한낮의 서사가 끝이 났다. 엄마는 그게 몇 시간이 걸리든 다 들어주었다. 엄마는 나의 가장 좋은 청취자였다.

어느 날 또 다른 궁금함이 생겼다.

"엄마는 왜 '왜 묻느냐'고 안 물어?"

"그게 무슨 말이야?"

"내 친구는 궁금한 걸 엄마한테 물어보면 왜 자꾸 그런 쓸데없는 걸 물어본다고 혼난대. 그런데 엄마는 왜 그렇게 안 물어?"

"그러게."

엄마가 내가 묻는 것에 대답을 하지 못한 건 처음이었다. 나의 이야기를 그렇게 들어준 건 아마도… 사랑이었겠지. 한참 흘러 내가 음악치료사가 되었을 때 다시 물었다.

"엄마는 그때 왜 묻느냐고 안 물었어?"

"그냥, 그땐 그게 좋더라. 내 딸이 학교 가면 뭐 하는지 항상 궁금했는데 네가 쫑알쫑알 얘기해 주면 그렇게 좋더라. 그리고 엄마는 너무 부족해서 들어주는 것밖에 못했어."

"그랬구나."

"그리고 네 이야기를 듣는다고 엄마가 뭘 못했던 건 아니야. 밥하면서도 듣고, 옷 개면서도 듣고, 사과 먹으면서도 들었지."

남편은 영락없는 나의 일곱 살이었다. 그렇게 내 뒤 꽁무니를 쫓아다니며 조잘조잘 이야기를 할 때마다 나는 그 생각이 든다. 모든 게 내 업보구나… 엄마, 미안. 그렇게 나는 스피커에서 리스너가 되었다. 그럼 나는 어디다 말해야 하는가? 다시 엄마를 찾으러 가야 하나.

한 학년 차이 선후배에서 부부가 된 우리였다. 한번은 짝꿍이의 동기이자 나의 선배인 언니가 말했다.

"네 남편은 점잖잖아."

"네? 점잖다고요?"

"그럼. 말도 없고 조용하잖아."

그날 나는 적잖이 충격받았다. 이 사람이 밖에서는 과

묵하고 점잖은 사람이구나. 심지어 고등학교 동창이 그렇게 말할 만큼.

그도 그럴 것이 한 악단의 지휘자인 그는 오롯이 혼자 결정해야만 하는 위치였다. 50명 정도 되는 단원들을 이끌고 모든 것을 책임져야 했다. 말 한마디가 무겁고 조심스럽다. 누구 편을 들기도 어렵다. 포지션 덕분에 술도 즐기지 않고 사적으로 만나는 친구도 거의 없다. 어릴 때부터 지휘자로 훈련받은 그는 누군가와 섣불리 상의할 수도 없고 고충을 토로하기도 어렵다. 어쩐지 나는 그런 그가 측은해져 마음이 쓰인다. 그래… 어디다 말을 하고 다니겠니. 나한테 해라.

어느 날, 아침 7시에 생방송 라디오 인터뷰가 잡힌 그는 새벽 댓바람부터 집을 나섰다. 나도 눈을 부비며 잘 듣지 않던 라디오를 찾아 주파수를 맞췄다. 아침 방송인데도 그의 목소리는 아주 생생했다. 역시 집에서 잘 훈련된 스피커답군. 사회자가 질문을 했다.

"젊은 나이에 한 악단의 지휘자이자 예술 감독이 되셨는데요. 지휘자의 가장 큰 덕목은 무엇이라고 생각합니까?"

"예, 제가 생각하는 지휘자의 덕목은 잘 들어주는 거라고 생각합니다."

"아 그렇군요. 주로 어떤 걸 들어주나요?"

"음악은 혼자 하는 것이 아니죠. 특히 오케스트라는 그렇습니다. 또 여기는 직장입니다. 시험삼아 만나서 하는 음악이 아닙니다. 직장은 단원들과의 삶도 연결되어 있습니다. 사람이 매번 잘할 수는 없습니다. 단원들의 인생에서 배우자도 있고, 자식도 있고, 또 어떤 일이 벌어질지 모르지 않습니까? 아이가 아플 수도 있고, 사고가 날 수도 있고. 악단 역시 여러 사건들이 터지기도 하구요. 시에 소속되어 있다면 시청과의 관계도 그렇고요. 제가 모든 것을 해결해 줄 수는 없지만 그런 상황들을 잘 들어주고 제 선에서 할 수 있는 것들은 조절해 주기도 합니다. 저는 음악을 잘하는 것도 중요하지만 삶도 중요하다고 생각합니다. 그렇게 잘 들어주다 보면 음악도 잘되더라고요."

"네, 뜻밖의 말씀이네요. 음악과 관련한 이야기를 하실 줄 알았는데요."

엥? 잘 들어준다니, 잘 들어준다니! 배신감에 부르르 떨었다. 의외로 그는 밖에서 좋은 리스너였다. 그의 인터뷰는 평소에 알지 못했던 그의 속마음을 들여다보는 좋은 시간이자 나에게도 기회였다. 리스너에서 스피커로 역전할 수 있는 좋은 기회! 라디오 방송을 마치고 그는 싱글벙

글한 표정으로 집에 돌아왔다. 그런데 그는 코트의 단추를 풀기도 전에 이미 이야기를 시작했다.

"내가 오늘 누구를 만난 줄 알아? 세상에, 방송국에 갔더니 오랜만에…."

"그런데 당신, 나한테 너무 말을 많이 하는 것 같지 않아? 나 당신 말 들으려면 이제 돈 받아야 할 것 같아. 세션을 하루 종일 하는 기분이란 말이야. 나도 집에선 쉬고 싶다고. 이제 집에서는 내가 말을 해야겠어. 라디오에서 잘 들어주는 것이 본인의 덕목이라며?"

"그래? 잠깐만."

그는 들어올 때보다 더 큰 함박웃음을 지으며 가방에서 봉투를 꺼냈다.

"이게 뭐야?"

"응. 월급이야."

월급을 현금으로 뽑아서 주는 건 우리 부부의 오래된 전통이다. 처음 가정을 이루었을 때 번 돈은 둘이 합쳐 100만 원이 채 되지 않았다. 첫 월급을 탔을 때 그는 은행 현금 인출기에서 손수 현금으로 뽑아 돌아왔다. 우리는 얇은 돈 봉투에서 돈을 한 장 한 장 세는 걸 한 달의 행사로 삼은 지 벌써 10년째이다. 물론 그때보다는 살림살이가 나아졌지만, 오늘이 바로 그날인 것이다. 경건한 마음으로 돈 봉투를 연 뒤 천천히 세어보고는 최대한 공손하게 말했다.

"예, 예. 말씀하십시오, 고객님."

"나 이제 말해도 되지? 내가 누구를 만났냐면…."

다시 낮은 자세로 클라이언트를 맞이한다. 평생 고객님으로 맞이하겠습니다. 말씀하시지요! 아무래도 내가 음악치료사가 된 건 그와 별 탈 없이 살기 위해서가 아닐까 싶다. 이런 수다쟁이를 못 견딘다면 어떻게 살까? 견디지 못하는 날이 온다면 아마도 그날이 마지막 날일 것이다. 당신, 참 운도 좋다. 내가 음악치료사가 된 걸 고맙게 생각해!

내 기분에
속지 마라

속물처럼 보일지도 모르겠지만 '돈을 벌자!'는 결심으로 이 일을 시작했다. 그래서 돈은 음악치료를 하는 가장 절실한 이유다. 돈은 내가 일하고 있다는 증거이자 보상이다. 삶을 꾸려나가기 위해서는 돈이 필요했다. 돈을 쓰고 싶어서라기보다 돈을 벌고 싶었다. 벌어서 경제적으로 자립하고 싶었다. 그때의 나는 돈을 버는 일이 나를 증명하는 일일 것이라 생각했다.

돈을 벌 수 있는 일로 무엇이 있을까. 음악치료에도 여러 파트가 있다. 한국에서는 그나마 특수 교육 시장이 넓다. 한데 나는 딱히 아이들을 좋아하지 않았다. 아이들이라니… 내가 아이 때도 아이답게 놀아보질 못했는데 잘 해낼 수 있을까. 그렇게 돈을 벌기 위해 시작한 아동 파트 음악치료, 시작은 이렇게 다소 불순한 마음이었다.

구인 사이트에서 시간 대비 급여가 높은 곳을 찾았다. 한 특수 학교에서 3~4학년 음악치료 수업을 맡을 강사를 구했다. 몇 줄 안 되는 이력을 적어서 냈고, 그렇게 첫 면접을 보았다. 면접에 들어오신 교감 선생님은 내가 인근 종합 병원에서 임상 실습을 했다는 이력을 보고 어느 소아과 의사의 이름을 대며 물었다. 나는 당연히 몰랐고, 대충 다른 이야기를 하다 면접이 끝났다. 다행히 의사 이름은 몰라도 내가 마음에 들었는지 면접에 합격했다.

그렇게 특수 학교에서 음악치료 수업을 맡았다. 아이들에 관한 차트는 없었다. 다만 1년짜리 출석표가 음악 교실의 책상 위에 있었다. 아무런 정보 없이 일곱 명의 아이들을 맞을 준비를 해야 하는 것이다. 전쟁터에서 총 쏘는 방법을 스스로 그리고 빨리 알아내야 하는 상황. 장애 아동의 스펙트럼은 굉장히 넓기 때문에 아이들의 특성에 맞게 대처해야 한다. 조금 긴장이 되었다. '90분을 어떻게 하지. 40분, 중간에 쉬는 시간, 그리고 40분….' 다른 치료사 선생님들과 매번 함께하다 혼자 생각하고 있으니 실전에 홀로 투입된 군인 같은 심정이었다. '먼저 악기를 점검하자.' 특수 학교답게 악기들은 종류별로 많이 있었으나 망가진 것도 많았다. 수업 시간 전 악기의 개수를 맞춰 가며 그렇게 첫 특수 학교 수업을 준비했다.

시간이 되자 아이들은 도움 선생님들의 안내로 음악실에 들어왔다. 아이들은 새 학기라 그런지 잔뜩 기대에 찬 표정이었다. 여자아이 한 명과 남자아이 여섯, 여자아이와 남자아이 하나는 독특한 외모만 봐도 알 수 있는 다운 증후군 아이들이었다. 쾌활하고 친밀도도 높아서 사람을 잘 따르는 '멍뭉이' 같은 아이들. 한 명의 아이는 지체 장애였다. 걷는 것과 왼손을 쓰는 게 불편했다. 지체 장애 중 뇌병변 장애는 지적 능력은 정상 범위에 속하지만 신체적으로 할 수 있는 것들이 많지 않아 수행도가 낮다. 게다가 스스로 몸이 마음대로 되지 않는다는 걸 알아 짜증이나 화도 잘 낸다. 세 명의 아이들은 자폐증이었다. 정도는 달랐지만 세상과 동떨어진 자신만의 세계에 사는 아이들이다. 사회적인 상호 작용이 부족하며 관심 있는 것에 대해 반복적인 패턴의 행동을 한다. 예를 들어, 끈이 달린 나뭇가지를 계속 돌린다던지, 악기를 같은 방향으로 계속해서 흔든다던지. 하얀 얼굴의 나머지 한 명은 아마 정서

장애인 걸로 기억한다. 외형적 특성은 없는데 너무나 조용했다.

인사 노래를 부르면서 파악된 것은 여기까지. 내가 왜 이렇게 자세히 이야기하냐면 이 특별한 아이들이 동시다발적으로 40분 내내 각자 행동하기 때문이다. 한 아이는 내 손목을 붙잡고 지금 하고 있지도 않은 〈거미가 줄을 타고 올라갑니다〉 노래를 하자고 졸랐다. 한 아이는 다른 아이의 의자를 계속 발로 차고, 그 다른 아이는 계속해서 짜증을 냈다. 어떤 아이는 "야아아아아아우루후루후루" 소리를 내며 돌아다녔고, 또 다른 아이는 소고에 달린 끈을 계속 빙빙 돌리며 뛰어다녔다. 또 그 옆에 아이는 소고에 맞아 울면서 책상에 머리를 퉁퉁 박고, 나머지 아이는 책상에 엎드려 멍하니 있었다. 난장판이 따로 없었다. 각자의 세상에서 각자의 놀이를 했다. 노래 하나 부르는데 의자에 다 같이 앉는 것은 불가능해 보였다. 한 명 앉히면 다른 한 명이 돌아다녔다. 멘탈이 바삭거렸다. 이게 특수 학교 첫 수업이 고작 10분 지난 상황이었다. 10분 만에 후회했다. 내가 이걸 왜 한다고 와 있을까.

'윤희'에게 물었더니 〈거미가 줄을 타고 올라갑니다〉는 예전 음악 선생님이 자주 불러주던 노래였다고 한다. 나는 일단 윤희와 노래를 불러주고, 내가 가져온 노래도 알려주었다. '유빈이'는 보아하니 윤희를 좋아한다. 윤희가 하는 것이라면 함께 따라 한다. '건후'는 레인스틱을 좋아했다. 불편한 몸이지만 〈비가 내려요〉 동요에 레인스틱을 연주하는 건 어렵지 않았다. '재우'는 딴짓을 하고 있지만 좋아하는 노래에는 귀를 기울인다. '정한이'는 리듬 치는 것을 좋아하고, 흥이 오르면 "아아아" 소리를 낸다. '철민이'는 목소리가 크고 노래를 좋아하는데 정한이처럼 "아아아" 소리를 내는 때가 많았다. 철민이에게는 안전하면서도 흔드는 악기인 마라카스를 쥐어줬다. 그리고 '차진이'는 여전히 아무것도 하지 않았다.

시간이 허락하는 대로 나는 아이들과 한 명씩 관계 맺기를 시도했다. 어차피 난장판이다. 단 5분이라도 치료사에게 집중하게 해서 아이들의 마음을 조금이라도 얻기로 한다. 아이들이 좋아하는 것, 싫어하는 것을 빨리 파악하고자 애썼다. 아이들 이름이 많이 나오는 노래를 만들어 한 명씩 손을 잡고 불러주었고, 하이파이브를 했다. 그러자 신기하게도 아이들이 자기 차례를 기다리는 것이다. 돌아다니다가도 자기 순서를 기대하며 의자에 앉았다. 아이들 각자가 좋아하는 노래가 달랐는데, 그 노래들도 집중시키는 데 특효약이었다. 몰입하는 시간이 조금씩 길어져 어느덧 수업 시간 전체에 아이들을 자리에 앉히는 데 성공했다. 정한이는 군기 반장이 되어 철민이나 재우가 돌아다니면 "아야야" 하며 주의를 주었다. 몸 쓰는 게 불편한 건후에게 윤희가 악기를 챙겨주며 도왔다. 일곱 아이가 서로를 돌보기 시작한 것이다. 생각보다 빠른 변화다. 그 와중에 차진이는 여전히 아무것도 하지 않았다.

　나는 차진이가 고민이었다. 물어보니 다른 수업 시간에도 무기력하게 앉아있다고 했다. 어느 날 차진이가 색깔 핸드벨에 관심을 보이는 모습을 발견했다. 관심이라고 해봤자 힐끔 눈길을 준 것뿐이지만, 그래도 평소와는 확실히 다른 행동이었다. 그래서 색깔 핸드벨, 색깔 실로폰, 붐웨커(멜로디 스틱) 등 여러 악기를 들이밀었지만 어쩐지 꿈쩍도 하지 않았다. 이번엔 방향을 바꿔 도화지를 주고 그림을 그리게 했다. 물론 다 같이. 그러자 느린 아이는 색연필에 관심을 보이고 그림을 그리기 시작한다. 그후 차진이가 아무것도 하고 싶어 하지 않을 때는 그림 도구를 쥐어줬다. 작고 하얀 아이는 나를 보고 희미한 미소를 지었다. 그러던 어느 쉬는 시간, 붐웨커를 만지작거리는 아이. '그래! 다시 시도해 보자'라는 생각이 들었다.

즉석에서 차진이를 위한 붐웨커 놀이를 만들었다. 정한이가 더 신났다. "아아아" 소리를 내며 활발한 분위기를 주도했고, 다른 아이들도 신이 났다. 차진이도 내가 노력하는 마음을 알았는지 좋아하는 색깔을 골라, 느리지만 한 박씩 붐웨커를 쳐본다. 그때의 감격이란! 닫힌 세상이 다른 세상으로부터 열린다. 비록 박자는 하나도 맞지 않았지만 우리의 마음은 드디어 맞춰지고 있었다. 이후 차진이는 조금씩 악기를 탐색하기 시작했다.

그렇게 안정을 찾아가던 5월, 그날은 교생실습 및 학부모 참관이 있는 날이었다. 아니, 정교사도 아닌데 무슨 학부모 참관이라니! 그런데 아이들이 음악 수업에 대해 부모님들께 이야기를 많이 해서 보고 싶다는 요청이 있었다. 게다가 교생 실습까지… 내가 교생을 받을 정도의 경력이 있는 건 아닌데. 부담스런 마음을 안고 음악실에 들어섰다.

건후는 짜증을 내며 엄마에게 안겼고, 정한이는 짜증을 내는 아이에게 화를 냈고, 철민이는 흔들북을 뱅뱅 돌리며 교실을 마구 뛰어다녔다. 윤희는 울기 직전이었고, 유빈이는 어찌할 바를 몰라 했다. 차진이는 다시 멈췄다. 그야말로 수업은 엉망이었다.

내가 아이들의 반응을 끌어올리기 위해 얼마나 노력했는데. 수업하면서 속으로 '망했다!'를 열 번쯤 외친 것 같다. 역시 아이들은 어렵다는 생각과 돈이 뭐길래라는 생각 등 짧은 시간 동안 수많은 생각들이 내 뒤통수를 때렸다. 식은땀이 척추를 타고 흘렀다. 그런데 수업이 끝나고 참관했던 교생이 생기 있는 얼굴로 나에게 이렇게 묻는 게 아닌가.

"선생님, 어떻게 아이들이 이렇게 오래 앉아있어요?"

"네?"

"제가 3~4학년 담당이라 계속 수업을 따라다녔는데, 음악 시간에 제일 집중하고 수업도 잘 듣던걸요?"

응? 이게 무슨 소리지? 나는 정말 오늘이 최악 중의 최악이었는데. 나에게 최악인 날도 다른 사람 눈에는 최고인 경우가 있을까? 나는 시무룩할 때가 있지만, 타인은 그런 내 기분에 크게 관심이 없다. 다들 그런 경험이 있지 않나? 바들바들 떨면서 발표를 했을 때, 어떤 사람들은 어떻게 하나도 긴장을 안 하냐며 칭찬해 준다. 실수투성이 부족한 기획이라 생각했는데 운이 좋았는지 결과는 성공적일 때가 있다. 나도 그런 적 있다. 표정이 어두워 내내 신경 쓰였는데, 끝나고 내 손을 잡으며 너무 즐거웠고 또 와달라고 하시던 할아버지. 아무것도 안 한다며 악기를 집어던지더니 집에 가서는 음악이 제일 재미있다고 하던 아이. 그런데 내가 제풀에 주눅들어 티를 내면 그게 더 나쁜 인상으로 남는 경우가 있다. 내 기분에, 내 부정적인 감각에 속아 지레 겁을 먹고 나면 잘한 것도 못나게 보인다.

오늘 세션이 최악인 것은 맞다. 지금까지 유지해 온 보통의 상태는 나만이 알고 있으니까. 그러나 희한하게도 남들 기준에는 다르게 보일 수도 있다. 어떨 땐 대진 운일 수도 있고, 내 기준이 남들에 비해 높거나 관대할 수도 있다. 걱정할 필요 없다. 뚜껑은 열어봐야 한다. 나는 웃으며 교생에게 잘 봐주어 고맙다는 인사를 하고 돌아섰다. 내 자존감을 지키며 가끔은 뻔뻔하게, 상황 파악은 치밀하게! '그래, 난 잘하고 있다!'

연대감이
없다고?

어느덧 박사 마지막 학기다. 음악치료사로 살면서 좀 더 음악을 깊이 있게 공부하고 싶은 마음이 생겨 음악학 박사 과정에 진학했다. 드디어 긴 공부의 끝이 다가온다. 수고했어, 토닥토닥. 내 인생 마지막 학기의 종강을 앞두고 학교에서 학생으로서 누릴 수 있는 복지가 뭔지 찾아보았다. 아마도 사립 대학을 나온 자의 어떤 본능이랄까. 학비를 조금이라도 회수(?)하기 위해 몸부림을 친다. 보건소에 자주 들러 감기약을 탄다던지, 학교 주최 강연을 쫓아다닌다든지, 굿즈 수집이라든지, 해외 교환 학생이라든지, 아니면 쥐꼬리만 한 장학금이라도 타보려는 일련의 일들 말이다.

그런데 지금 다니는 학교는 종합 대학에 비하면 작은 구멍가게 수준이라 보건소나 굿즈 따위는 없다. 그래도 학교와 연동된 교보 전자책을 대출해서 신간을 볼 수 있는 소소함을 누렸는데, 마침 이게 눈에 띈 거다. 심층 성격 검사 세트!

요즘 대학생이라면 꼭 해본다던 심리 검사 키트를 여기서도 할 수 있다니! 심리 검사 키트는 외부에서 하려면 꽤 비용이 많이 들어서 학교 다닐 때 해보는 것을 추천한다. 요새는 정신 건강에 관한 인식이 높아져 학교에도 다양한 프로그램을 운영하고 있다. 초·중·고등학교에서도 청소년 전문 심리 상담사가 상주하고 있다. 아무래도 대학(원)에서도 이러한 연장선으로 심리 상담사가 있는 듯하다. 학생 신분의 막차를 탄 나는 얼른 검사를 신청했다.

경건한 마음으로 검사지에 정성스레 답을 작성했다. 제출하는데 왜 이리 떨리는지, 심장은 콩닥콩닥 밖으로 튀어나올 것만 같다. 예전에 심리 상담 스터디에서 애니어그램이나 방어 기제에 관한 검사를 해 본 적은 있었다. 그러나 정식 심리 검사는 처음이기에 엄청 기대가 되었다.

내가 한 검사는 기질과 성격에 관한 검사(TCI)와 부차적인 문장 완성 검사, 다면적 인성 검사(MMPI)였다. 검사 후 해석까지는 1~2주가 걸린다. 주된 해석은 기질과 성격 검사를 위주로 이루어졌다. 기질은 태어나면서 갖게 된 성질로 유전적인 면도 있으며 변하지 않는 것이다. 한편 성격은 성장하면서 환경적 요인에 의해 변화될 수 있다고 한다.

결과부터 말하자면, 나는 변화나 새로운 자극에 민감하게 반응하면서도 안정적인 것을 추구하는 회피 기질도 높아, 두 기질이 크게 나를 좌우한다고 한다. 또 연대감이 낮고 영적 추구가 높아 몰입도가 높은 편이란다. 생각보다 끈기는 중간쯤 된다 하고, 믿기진 않지만 완벽주의성향도 있다. 또한 학문을 할 때 끊임없이 새로운 것을 추구하고 거부가 없으며, 이에 대한 만족감이 높은 것은 학자로서 장점이 될 수 있다고 한다. 그러고 보니 나는 새로이 배우는 건 다 재미있다.

완벽히 새로운 것은 없었지만, 깊이 이해되는 면도 있었다. 다만 '연대감'이 낮다는 게 좀 걸렸다. 타인에게 관심이 없단다. 자발적 왕따를 자처하며 방구석에 있는 게 체질이라 생각했지만 사실 연대감이 낮아서일까? 기질이 그렇단다. 태생이 아웃사이더인 것이다.

연대감이라… 주섬주섬 스마트폰을 꺼내 그 뜻이 정확히 무엇인지 검색해 보았다. 연대감은 공감을 넘어 서로 연결되어 있음을 느끼는 마음을 말하고, 같은 사회 구성원으로서 소속된 느낌이나 상호 의존감을 의미한다. 그러나 나는 우리가 한 덩어리라 딱히 생각해 본 적이 없다. 늘 주변을 맴돈다. 가정 외에는 딱히 소속감도 없는 것 같다. 심지어 나 하나 살기에도 벅차다. 이런 마음이 드는 것도 연대감이 낮아서일까?

음악치료에서 최종적 목표로 하는 것은 결국 사회성 향상이다. 사회성은 자신이 속한 사회의 한 구성원으로서 다른 구성원과의 적절한 상호 작용을 말한다. 공동체는 언어, 역사, 철학, 규범, 관습 등을 공유하게 되는데 기저에는 서로 공통점을 느끼고 연결되어 있음을 인지하는 연대감이 내재하고 있다. 따라서 한 개인이 가정, 학교, 직장, 마을, 국가 등 사회의 구성원으로서 무난히 살아가려면 타인과 나를 끈끈하게 연대할 필요가 있다. 연대감이야말로 최소한의 사회망인 셈이다.

그래서 음악치료에서는 개인의 정서를 정화한 뒤에는 개인과 개인을 연결하고 나아가 작은 사회를 결성해서 소속감을 느끼게 한다. 음악에서 합창이나 합주가 바로 그런 경험을 겪게 한다. 서로 음을 들으며 조화롭게 맞추기를 열중하다 보면 어느 순간 잘 맞아떨어지게 되는 것에 쾌감을 느끼게 된다. 그러면서 음악으로 '함께'라는 연대감을 발휘하게 되는 것이다. 서로 연대하는 것은 마음도, 몸도 안전하다고 느끼게 된다. 그만큼 음악치료에서 연대감은 중요한 요소이다.

이를 주관하는 게 음악치료사인데, 내게 연대감이 없다니. 음악치료사, 이거 내가 계속해도 되는 걸까? 직업을 잘못 선택한 것인가. 이럴 수가!

"그런데 선생님, 저 직업이 음악치료사인데 연대감이 없으면 안 되는 거 아닌가요?"

"아, 그러세요?"

갑작스러운 고백에 상담사가 당황한 표정을 지었다.

음악치료사들은 주로 마음이 힘든 사람들을 만나게 된다. 그렇기에 역전이도 종종 이루어지고 힘든 감정을 떠안을 때가 있다. 하지만 돌아보면 나는 내 삶을 뒤흔들 정도로 내담자에게 감정이입을 한 적이 없다. 잘 털고 무난히 잘 지내온 것 같다. 여태까지 완벽한 '수발러'인 줄 알았는데, 그건 내가 연대감이 없어서 그런 것일까? 정말 타인의 마음을 잘 살피지 못하는 걸까?

"연대감이 아예 없으신 건 아니고… 풉, 죄송합니다."

이제는 그만 웃음이 터져버린 상담사. 그런데 나는 밥 줄이 걸린 문제라 나름 심각했다. 연대감이 없는 음악치료사, 아무리 생각해도 말이 되지 않았다. 상담사는 친절하게 이어서 해석을 해주었다.

"이게 인지적인 측면에서 충분히 보완될 수 있는 점이니까 너무 걱정하지 마세요. 이제라도 좀 더 타인에 관심을 가지면 되지요."

"저는 지금까지 세션 전후로 마음 조심을 잘 하고 잘 털어내 왔다고 생각해 왔는데, 기질적으로 그냥 관심이 없었던 거네요?"

"그게 장점이 될 수도 있지요."

"연대감이 없다는 게 장점일 수 있다고요?"

"네. 기질은 뭐가 좋고 나쁜 게 없어요. 어떻게 잘 쓰냐가 중요해요. 예를 들어, 연대감이 높고 자기 성찰이 낮은 사람은 남에게 끌려다니기 쉽죠. 그런 사람들이 치료사를 한다면 자기 마음을 지키는 데 더 어려울 거예요."

짐짓 심각해진 나의 얼굴을 본 상담사는 웃으며 위안의 말을 전했다. 그러나 불행히도 썩 위로가 되지는 않았다. 상담 후 사뭇 무거운 마음을 안고 학교를 나섰다. 연대감이 없다니… 연대감이! 돌아오는 길 내내 머릿속엔 온통 그 생각뿐이었다. 과거에 있었던 여러 사건을 끄집어 내가며 내가 정말 연대감이 없었는지에 대해 곰곰이 따져보기 시작했다.

'이때도 내가 연대감이 없어서였을까? 이 말도 내가 잘못한 걸까? 이땐 어땠을까.'

운전하는 내내 이런 생각을 하니 머리가 지끈거렸다. 심리 검사에서 나왔던 다른 항목들은 전혀 기억나지 않는다. 무슨 생각을 하든지 간에 연대감에 모든 감각이 쏠리고야 만다.

생각해 보면 세상이 피폐할수록 연대감이 강조된다는 건 참 아이러니하다. 집단주의가 팽배하다며 개인의 개성을 중요시하던 게 엊그제 같은데. 그러다 급기야 반동형성적 방어 기제가 작동한다. 이런 청개구리, 현생에서는 우아하고 품위 있게 살기 어렵겠구나.

어느덧 집에 도착했는데, 그만 주차된 차들을 보고 웃음이 빵 터졌다. 부모님 집에 주차장이 삼각형 모양인데 아빠 차, 그리고 남편 차가 한쪽 구석에 오밀조밀 붙어있는 것이다. 마치 땅바닥에 눈 가리고 궁둥이만 내민 멍멍이들처럼. 아마도 주차를 못하는 나를 위해 아빠와 짝꿍이가 바짝 주차를 한 것일 게다. 남은 공간에는 12인승 밴이 대도 충분할 듯 넓었다. 그걸 보고 나니 심리 검사로 인해 갑갑했던 기분도 잊어버리고 혼자 깔깔 웃었다.

"엄마, 아빠랑 짝꿍이가 나 주차하라고 차들 한쪽 귀퉁이에 바짝 붙여 댔다!"

"그거 어떻게 알았어? 너 들어온다고 아빠가 차 옮기던데. 그냥 지나칠 수도 있었을 텐데 그런 마음도 다 알아주고."

"엄마, 근데 나 연대감이 낮대."

시무룩해진 나의 얼굴을 보더니 엄마가 배꼽을 잡고 웃기 시작한다.

"그래? 하하하."

"너무 크게 웃지 마. 나 이런 것도 전부 알아채는데 연대감이 낮대."

그러고 보니 이런 '알아챔'은 인지 능력이 높아서인가? 그나마 남아있는 연대감 기질이 발현되어서인가? 잠시 헷갈린다. 연대감이 부족해도 여전히 나의 음악치료는 그럭저럭 잘 굴러간다.

그렇다면 나에게도 가능성이 있는 것이겠지? 하지만 그 뒤로 뭐만 하면 내가 연대감이 낮아서 그런가 하는 자괴감이 내 세계관을 지배한다. 모든 탓은 다 연대감 때문이다. 아니 연대감이 부족한 내 탓이다. 아! 이것이 심리 검사의 후유증인가.

음악치료사도
마음이 소란합니다

온통 뒤죽박죽이었다. 무언가를 찾기 위해 깊은 호수를 뒤적인다. 그러면 저 멀리 깊은 곳에 침잠해 있던 상처들이 수면 위로 떠오르곤 했다. 갖가지 잡동사니를 바닥에 쏟아내고는 뒤집어 오래 묵은 먼지를 탈탈 털어냈다. 기특하게도 나의 마음 주머니는 그동안 잘도 버텨내 주었다. 군데군데 해진 곳을 바느질로 기워내고 더러운 것은 닦아내며 소중한 것들은 다시 고쳐냈다. 다시 생기가 돌았고 낡았지만 아직 쓸 만했다. 그리고 나는 한동안 고요를 찾았다. 이 정도면 살 만하겠다 싶었다.

음악치료 공부를 하면서 자기 분석 과정은 삶에 꽤 유

용했다. 떠올리기만 해도 창피한 나의 삽질을 지금은 이해할 수 있었고, 나를 위로하기 시작하면서 넉넉해졌다. 이제 웬만한 당황스럽고 화가 나는 일에는 '그럴 수 있지' 하며 넘기는 여유까지 생겼다. 부작용은 감정이 격해지지 않는다는 것, 눈물이 좀 덜 난다는 것. 나의 코어는 좀 더 단단해졌지만 이전만큼 사는 재미는 사라졌다. 이래도 될까 싶을 정도로 침착해졌다. 나쁘지 않았지만 썩 좋지도 않았다. 어쩌면 다행이었다.

그것도 유효 기간이 다 된 건지, 아니면 아직 수련이 부족한 건지 어떤 감정이 '펑' 폭발할 때가 있다. 바로 '부러움'이다. 누군가 꽤 잘나갈 때, 갑자기 질투가 폭발한다. 부러움에서 나온 삐뚤어진 마음이랄까. 어린 시절을 함께 보내고 같은 일을 하던 사람들이 여전히 그 일을 하고 있고, 신문에 멋진 기사가 나거나 여전히 잘나가는 것처럼 보일 때 괜한 미움이 밀려왔다. 잘 지내고 있다가도 연락한 번 없던 이가 공연 한다고 홍보물을 문자로 보낼 때, 화가 버럭 난다. 아니 얘는 평소에는 연락도 없다가 안부 인사 없이 이렇게 단체 문자로? 답장을 하지 않는 건 소심한 복수다. 어차피 같은 내용 복사해서 뿌린 걸 테니까.

부러움은 좀처럼 줄지 않는다. 잠도 못 이루고 뒤척이

다 나도 모르게 SNS를 뒤적이기 시작한다. 누가 하트를 눌렀지? 누가 댓글을 남긴 거지? 집이 왜 이렇게 좋아? 이 친구는 왜 이렇게 삶이 여유로워 보일까? 화려한 SNS 속 이미지를 보면서 제멋대로 추리하기 시작한다. 조명이 켜진 무대에서 예쁜 드레스에 번쩍이는 하이힐을 신은 모습에 나는 언제 저런 옷을 입어봤던가 헤아리기도 하고. 그러다 자기합리화를 시작한다. 그래도 내가 이건 낫지, 하면서 점차 현실 감각을 잃는다.

뿐만 아니다. SNS에 글 하나 올려도 하루 종일 '조회수' 와 '좋아요'에 집착한다. 이 사람은 왜 이렇게 조회수가 많은 거야? 사진을 바꿔야 하나? 사실 좋아요도 하나의 사회생활 같은 것이라 남의 글에 반응도 해주고 댓글도 달아줘야 는다. 나는 하나도 누르지 않았으면서 내 글만 좋아요가 많아지길 기대하는 건 일명 도둑놈 심보다.

이렇게 하루 종일 에너지를 쏟다보면 허무해질 때가 있다. 나는 나름 음악치료사인데. 내담자들에게는 항상 남과 비교하지 말고 자신에게 집중하라 말하는데. 그동안의 고요는 어디로 간 걸까? 이런 마음들이 잘못이라고 할 수는 없지만 괜한 에너지를 쏟는 건 사실이다. 마음 공부는 왜 한 거지? 음악치료사로서 하는 말과 지식은 아쉽게도 나의 소란한 마음에 아무런 도움을 주지 못했다.

대학생 때, 정말 잘나가는 친구가 있었다. 그 친구는 콩쿠르를 나가기만 하면 1등이고 선생님들 칭찬이 자자해서 실력에 관해서는 정말 따라올 사람이 없는 대단한 아이였다. 한번은 친구와 밥을 먹다 말했다.

"야, 맨날 1등하고 진짜 좋겠다."

그 친구가 웃으며 말했다.

"내가 뭐 맨날 1등만 해."

"아니야? 너 저번에 나간 콩쿠르에서도 1등 했잖아."

"하하, 몰라서 그래. 네가 모르는 조그만 대회도 엄청 나갔어. 그런데 예선 탈락도 있었다고. 말을 안 했을 뿐이지."

"그래? 나 완전 몰랐는데? 언제 나갔어?"

"그냥 몰래 나간 거지. 나 잘 모르는 지방 같은 데 가서 독주회도 했어. 사람들은 나에 대해 다 모를 뿐이야."

"그렇구나."

"너한테도 말 하지 않은 거 보면 모르겠냐? 창피하니까 말 안 한 거지."

충격이었다. 이렇게 잘하는 친구도 실패의 경험이 있었구나. 그 일이 있은 후 얼마 뒤 다른 친구와 입장이 바뀐 이야기를 하게 되었다. 그 친구는 재수를 하고 나와 같은 대학에 한 학년 아래로 온 고등학교 동기였다. 재수를 하는 과정에서 자신감이 많이 떨어져 있었다. 내가 그깟 1년이 뭐가 중요하냐며 어설픈 위로해 주는데, 그가 말했다.

"너는 좋겠다. 선생님도 잘 만났고, 벌써부터 연주 활동도 하고, 유명한 분들하고도 같이하고, 학교에서도 인정받고. 부럽다."

나를 부러워하는 사람이 있다니! 또 다른 충격이었다. 내가 뭐 한 게 있다고 나를 부러워할까. 나는 정말 아무것도 아닌데, 다른 누군가에겐 부러움의 대상이었던 것이다. 지금 생각하면 꼬꼬마 시절의 귀여운 질투 같다. 친구야, 너는 여전히 무대에 서지만 나는 이제 조금은 다른 길을 걷고 있지 않니? 그리 오래된 일 같지 않지만 벌써 우리는 이렇게 자랐구나. 그렇게 나의 부러움을 샀던 그 친구를 요즘 무대에서 보지 못해 아쉽다. 무슨 사정이 있겠지. 무대에서 너를 보고 싶다. 나를 부러워했던 그 친구는 자기만의 영역을 넓혀가고 있었다. 20여 년이 지난 두 친구는 각자 나름의 인생에서 반짝반짝 빛나고 있다.

인생은 여러 굴곡이 있는 법이다. 그 언덕길을 지금은 오르는 사람이 있고, 언젠가는 내려가는 사람이 있다. 나는 SNS에서 누군가의 인생을 부러워했지만, 그 장면은 그의 인생 전부가 아닌 한순간일 뿐이다. 고뇌나 삶의 고통 따위는 과감히 삭제한 채, 인생 최고의 한 컷만 전시하는 것이다.

그렇게 잠 못 이루고 SNS를 뒤지다 깨달은 한 가지가 있다. 어릴 때는 자라온 환경이 비슷하고 목표가 같았기에 어쩔 수 없이 비교당할 수밖에 없었다. '엄친아'라는 말이 나올 정도로 한국 사회가 유독 비교와 경쟁이 심하지 않은가. 그 시절 또래들은 스스로의 가능성에 대해 미처 다 알지 못하던 시기였다. 그러나 마흔이 가까워 오는 지금, 각자의 철학과 개성을 찾아 자기만의 영역을 만들어가는 모습이 보인다. 같은 음악을 하더라도 누군가는 무대 위에서 빛나는 것이 가장 아름답고, 누군가는 가르치는 것에 재능이 있고, 누군가는 새롭게 창조하는 걸 잘한다. 그렇게 생각의 깊이와 경험치가 달라지면서 전하는 메시지도 달라진다. 그저 우리가 배워 온 '전공' 따위는 하나의 재료일 뿐이었다. 그것을 살려내는 것은 각자의 취향과 방향성이다.

뭐 그래도 부러운 건 어쩔 수 없다. 나도 사람이다. 그저 또 부러움을 떠올리고 토해내며 남은 것으로 삶을 살아갈 뿐. 조금 더 생각해 보면 부러움이란 감정이 사람을 무기력하게 만들 때도 있지만 불씨가 되기도 한다. 누구 못지않게, 나답게 잘 살아내리라는 열정의 불씨. 이제 나를 갉아먹지 않을 정도로만 부러워해야겠다. 부러움이 과하면 파국이다. 그래, 하루 정도만 부러워하자. 음악치료사도 이렇게 소란스럽게 삐그덕대며 살아간다.

4장

당신의 음악에
귀 기울이다

접촉,
마음이 닿는 순간

자꾸 우는 아이가 있었다. 엄마 품에서도 울고, 할머니 품에서도 울고, 간호사 선생님 품에서도 울었다. 말이 느린 36개월 아이는 왜 우는지 어르고 달래도 대답하지 않았다. 고래고래 울다가, 울먹거리다, 짜증을 내며 울다가, 지쳐 훌쩍이다 잠드는 아이였다. 그런 아이가 나와 만났다.

'모아 음악치료'는 만 3세 정도의 아이가 엄마와 함께 음악치료 세션에 참여한다. 아이가 어려 혼자서 세션에 참여하기 어렵고, 엄마와의 애착이 부족한 아이들이 대부분이기 때문이다. 아이 여섯, 엄마 여섯으로 구성되어 20분간 세션이 진행된다.

그러던 중 자꾸 울던 그 아이는 그렇게 짧은 시간 동안 한 번도 쉬지 않고 울었다. 아이 엄마는 이미 표정에 영혼이 없다. 울음소리에 노래는커녕 북소리, 피아노 소리도 들리지 않는다. 이 아이가 울면 옆에 앉은 아이도, 그 옆에 앉은 아이도 울음이 전염된다. 갓 태어난 신생아도 안아주면 그치는데 이 아이, 도대체 어떻게 해야 할까?

'모아애착장애'는 엄마와 아이의 애착 형성이 잘 이루어지지 않을 때 생기는 장애다. 엄마 배 속에서 밀착된 관계에서 첫 번째 분리인 출산 이후, 아이와 엄마는 서로를 향해 노력해야 한다. 아이는 포근한 환경에 대한 상실감에 울고, 엄마는 출산 후 비로소 마주하게 된 아이의 존재가 당황스럽다. 모성애는 자연적으로 생기지 않는다. 태어나면서부터 36개월 아이가 될 때까지 관계 맺기가 잘 이루어지지 않으면 문제가 생긴다. 아이에 대한 무관심, 방관, 정서적 단절이 건강한 애착 형성을 방해한다.

사실 모아애착장애라는 진단명은 자칫 엄마에게 모든 잘못을 뒤집어씌울 수 있는 명칭이다. 주 양육자라는 말이 더 어울리겠다. 다른 말로 하면 내 마음을 모두 알아주고 받아줄 수 있는 존재. 누군가 아이의 마음을 알아주는 이가 단 한 명이라도 있다면 아이는 그럭저럭 기대어 큰

다. 어린 시절, 표정만 봐도 "에구 내 새끼, 무슨 일 있었어? 할미가 혼내줄까?"라고 말하던 우리네 할머니처럼.

아이 엄마는 이미 지쳐있었다. 아이는 어르고 달래도 진정되지 않았다. 귓가에 아이 울음소리가 환청처럼 왕왕 울린다고 했다. 이제는 만성이 된 듯 엄마의 토닥거림은 생기가 없었다.

나는 아이와 엄마를 조금 지켜보기로 했다. 아이는 큰 소리가 나면 울었다. 더워도 울었다. 안은 자세가 바뀌어도 울었다. 찰랑거리는 쇳소리 악기에는 오열했다. 노래를 끝까지 듣지 못하고 울어버렸다. 그런데 엄마는 그런 아이의 불편함을 전혀 읽지 못했다. 읽지 못하니 불편함을 해결해 주지 못하고, 그러면 아이는 더 큰 소리로 우는 것이다. 아이는 예민하지만 생각보다 의사 표현이 정확했다. 그럼 내가 해줄 수 있는 일들이 무엇일까?

일단 스피커로 나오는 노래 음원을 세션에서 다 제외하기로 했다. 코리더 선생님과 상의해서 기타나 우쿨렐레 같은 부드러운 현악기로 반주를 하고, 활동에서도 탬버린이나 실로폰처럼 강한 쇳소리를 가진 악기들을 제외했다. 다른 아이들에게는 악기 활동을 계획해도, 이 아이에게만큼은 촉감이나 목소리를 활용해서 소리에 대한 자극을 최소한으로 줄였다.

아이의 변화는 생각보다 빨랐다. 음악 소리가 작고 부드러워지자 울음소리가 잦아들었다. 아이의 차례에서 나는 아이의 손을 잡고 반주 없이 오직 나의 목소리로만 노래를 불러주었다. 아이의 이름을 넣어 노래를 불러주자 반응 없던 아이가 고개를 들어 나를 바라보았다. 아이의 눈이 미세하게 반짝였다. 드디어 닿았다! 아이의 마음에 내 목소리가 다다른 것이다. 세 번째 만남에서 이루어진 일이다.

그 작고 연약한 아이는 드디어 내 존재를 알아챘다. 아이의 손을 잡고 〈반짝반짝 작은 별〉을 부를 때, 그 아이가 조심스레 내 무릎에 발을 부비며 첫 터치가 이루어졌다. 어느 때보다도 감격적인 순간이다. 아이는 내게 아주 약간의 곁을 내어주었다. 엄마에게도 주지 않던 호기심 어린 눈빛을 치료사에게 보여줬을 때, 그 희열은 말로 할 수 없다. 그래, 이제 시작이다. 이 눈빛을 엄마도 느낄 수 있도록 하는 것. 그게 우리 일이다.

나의 존재를 인지하고 노랫소리에 집중할 때 아이는 어느 때보다 반짝였다. 노래를 부르면 아이는 종종 작은 손으로 내 입술을 조심스레 만졌다. 그러면 나는 그 여린 손을 잡고 아이만 들을 수 있게 작게 노래를 속삭여 주었다. 노래가 끝날 무렵 아이의 손을 옮겨 엄마와 마주잡도록 연결해 주었다. 아이는 울지 않고 자연스럽게 엄마의 손가락을 만지작거리며 끝까지 노래를 들었다. 엄마는 울먹였다.

"선생님, 어떻게 한 거예요?"

"그저 아이의 마음을 잘 읽어주려 노력하면 돼요."

"고맙습니다."

"잘하실 수 있어요. 저보다 더."

어느새 아이는 내 무릎에 앉았다. 나는 세션이 다 끝날 때까지 아이를 무릎에 앉히고 노래를 부르면서 프로그램을 진행했다. 아이는 울지도 않고 신기한 듯 나를 올려다보았다.

누군가를 변화시킨다는 건 가슴이 벅차도록 행복한 일이다. 아이의 이런 변화를 다른 친구들도, 다른 엄마들도 그리고 간호사 선생님도 알아챘다. 그러자 그 그룹의 분위기는 확 바뀌었다. 다른 차원의 시간을 관통한 것처럼 사랑은 충분히 넘치고도 남았다. 나의 말에 더 집중했고, 엄마들의 태도도 달라졌다.

정서장애가 있다는 건 어쩌면 가장 정서적인 아이일 수

도 있다는 의미이다. 감각이 아주 예리한 아이, 왜 우는지 몰랐던 아이는 실은 자기 이야기를 계속해 온 셈이다. "더워요, 자리가 불편해요, 큰 소리 싫어요, 낯선 사람 싫어요" 같은 수많은 요구를 엄마를 비롯한 아이의 주변 사람들이 빨리 알아채지 못한 탓이다. 아이의 불편함을 빠르게 없애주면 아이는 '아, 나를 보호해 줄 수 있는 사람이구나'를 자각하게 되어 그 사람을 믿게 된다. 이것이 반복되면 상호 간 신뢰가 쌓이는 것이고 그렇게 애착 관계가 만들어진다. 사실 장애물을 치워주는 것은 무언가를 더해주는 것보다 강력한 믿음을 가져다준다. 나의 불편함을 읽었다는 것이니까. 아이의 언어를 알아채려면 끈기 있는 행동과 사랑을 담은 관찰이 필요하다. 그리고 빠른 결단력도! 아이의 엄마는 서툴지만 아이를 배워간다. 아이는 그런 엄마를 기다린다. 엄마도 아이도 그렇게 조금씩 한 걸음 나아간다.

어른들은
말이 안 통해

"선생님이 맡아주시면 좋겠어요. 선생님밖에 믿을 사람이 없어요."

취약 계층 정서 프로그램을 운영하는 담당 선생님이 나를 따로 불러 부탁했다. 오케스트라 내에서도 에너지가 넘치고도 넘치는, 그래서 아무도 맡지 않으려는 좌충우돌 동생과 사춘기가 급격하게 온 언니였다. 한번은 같이 할 친구를 찾지 못해 수업이 없어질 위기에 처한 것을 내가 우겨 아이를 맡았다. 알고 보니 원래 세 명 이상 수업해야 강사료가 마련되지만, 오케스트라 측에서 아무 내색 없이 금전적 손해를 감수한 것이다. 그러기에 자매의 수업을 맡지 않을 수 없었다.

자매를 만났다. 한 살 차이인데도 초등학생과 중학생의 경계에 선 자매는 달라도 너무 달랐다. 6학년 동생은 발육 상태가 좋아 나보다도 덩치가 크고 힘이 셌다. 실수로든 어쨌든 악기도 부수고, 의자도 부수고, 선생님 마음도 부수는 철딱서니 없는 말괄량이였다. 언니는 그런 동생을 너무나도 창피해했다. 그런데 언니도 못지않은 하트 브레이커다. 억지로 이 시간을 때우러 오는 그 아이는 뭘 해도 싫고, 말 걸어도 싫고, 같이 있는 것도 싫어하는 아이였다. 반응이 아예 없거나 혹은 너무나 극적이다.

"어휴, 사춘기가 제대로 왔어요."

많은 선생님들이 포기하고 그렇게 떠넘기고 떠넘겨 나에게까지 온 것이다.

누가 그러던가. '중2병'은 아무도 못 말린다고. 사춘기는 아주 고전적인 표현으로 낙엽 굴러가는 것만 보고도 웃고, 돌아서면 금방 슬퍼지는 질풍노도의 시기라고 한다. 마음이 싱숭생숭해 행복과 분노가 극과 극을 치닫고, 납득할 수 없는 행동에 별 이유 없이 반항하는 시기다. 오해로 인한 다툼이 생활이고 아무에게나 금방 사랑에 빠져드는 시기. 언제는 자기에게 관심을 보이지 말라고 해놓곤, 어느 순간 갑자기 관심을 갈구하는 시기. 지나온 어른들도 왜 그랬는지 알 수 없고, 그저 별종으로만 보는 시기. 그런데 사춘기(思春期)의 한자 뜻을 찾아보면 뭔가 서정적이면서도 오묘하다는 생각이 든다. 생각하는(思) 봄(春)이라. 세상에, 숫자 4가 아니었다! 혹시 사춘기라는 말의 뜻은 '머리로는 생각이 많아지고 몸은 봄처럼 피어나는 시기'가 아닐까?

사춘기의 돌발 행동은 사실 몇 가지 신경 물질과 호르몬의 영향이 크다. 아이에서 어른으로 넘어가는 그 시기에 신체와 뇌가 성장하기 위해 남자는 테스토스테론, 여자는 에스트로겐이 들쭉날쭉 뿜어져 나온다.

신체적으로도 많은 변화가 있지만 머릿속도 아주 바쁘다. 뇌에서는 감정을 조절하는 부위가 빠르게 발달하고, 인지적 사고를 담당하는 뇌 부위는 상대적으로 천천히 발달하면서 뇌 발달의 불균형이 이루어지게 된다. 어떤 때는 차분하고 이성적인 판단을 내리지만, 어떤 때는 자신도 이해하지 못하는 행동을 하는 것이다. 그럴 땐 그 행동들을 스스로도 설명하기 어려워한다.

이렇듯 사춘기는 호르몬의 불균형으로 자기 통제가 어려운 시기라 보면 조금 이해는 간다. 사춘기가 아주 봄바람처럼 살랑살랑 오는 경우도 있고, 여름 태풍처럼 주위를 모두 때려 부수며 지나는 경우도 있다. 어른들은 그저 아이들보다는 먼저 살아온 사람으로서 간섭하지 않는 상태에서의 기다림을 주는 게 최선이다.

그날은 같은 그룹 아이들이 결석을 하는 바람에 자매 중 중학생 언니와 나, 이렇게 단둘만 세션실에 남았다. 그 아이는 어떤 것에 화났는지, 아니면 단순히 내가 싫은지 들어온 순간부터 말을 단 한마디도 하지 않았다. 준비해놓은 프로그램을 시도해 보았지만 오늘은 유난히 미동조차 하지 않았다. 계획이 모두 어긋났다. 무거운 공기가 작은 방을 가득 짓눌렀다. 너무 고요해서 허기가 졌다. 침을 꼴깍 삼키는 소리만 들렸다.

"그럼 너 하고 싶은 것 있니?"

"…."

"저번처럼 피아노 칠까?"

"…."

고구마 먹은 듯 답답함이 천장을 뚫고 우주까지 뻗어나갈 기세였다. 사이다라도 들이켜고 싶다. 어떡하지 정말. 나는 다시 마음을 누르고 말했다.

"그래, 그러면 음악이나 듣자."

나는 어떤 곡을 틀까 잠시 멈칫했다. 아이돌은 유치해서 안 듣는다 했고, 그럼 뭘 좋아하지? 이 아이의 취향에 대해 아는 게 없다는 사실을 깨달은 나는 들리지 않게 작은 한숨을 쉬었다. 그냥 내가 좋아하는 재즈나 듣자. 엘링턴의 피아노 트리오 음반 《Retrospection》을 1번 트랙부터 냅다 틀었다.

말이 없었다. 방음이 된 연습실에서 둘이 벽만 보고 재즈를 들었다. 나 역시 세션이 잘 풀리지 않았다는 괴로움이 있었나 보다. 엘링턴의 유려한 재즈 피아노 선율을 좀 듣고 나니 벌겋게 부어올랐던 마음이 조금 가라앉았다. 말을 하지 않으니 아이의 취향은커녕 평소 생각조차 알수 없었다. 어쩔 수 없다고 나 스스로를 추스른 뒤 마음을 비우기로 했다. 다섯 곡 정도를 연달아 들었을까, 다음 곡을 들으려는 찰나, 묵언 수행을 하던 아이가 말했다.

"재즈는 이제 그만 들어요."

"왜? 재즈 싫어?"

"재즈는 뭔가 있는 척하는 것 같아 싫어요."

"그래?"

요것 봐라. 그렇게 음악 이야기로 말꼬가 트였고 내 숨통도 트였다. 그래, 너는 재즈가 이상하고 복잡한 화음이

'척'하는 듯 느낄 수 있지. 게다가 리듬도 마음의 준비 없이 막 바뀌잖아. 너의 취향을 존중한다.

"너는 '척'하는 걸 싫어하는구나?"

"네, 저희 반 누구는 자기가 제일로 아는 척하는데 꼴보기 싫어요."

"너는 제일 잘 아는 게 뭔데?"

"저요? 음… 저는 애니메이션을 제일 잘 알아요."

"그래? 나는 애니메이션 하나도 모르는데, 그럼 나 좀 알려줄래?"

머뭇거리던 아이가 가방에서 노트를 하나 꺼냈다. 스케치 노트였다. 거기에는 잘 그렸다고도 못 그렸다고도 할 수 없는 애니메이션 주인공이 한가득 그려져 있었다. 이걸 칭찬해 줘야 하나?

"네가 연습한 거니?"

"네. 엄마랑 동생은 아직 몰라요."

"그럼 너 여기 와서 그림 그릴래?"

"진짜요? 네!"

"그러자!"

"참, 저는 기타 곡을 좋아해요."

"정말? 혹시 좋아하는 아티스트 있니?"

"데파페페²요."

"와, 데파페페를 어떻게 알았어?"

"유튜브 검색하다가요. 아세요?"

"그럼, 나도 좋아해. 나는 네가 아는 게 더 신기하다. 들어볼까?"

기타라니, 사춘기 소녀랑 참 잘 어울린다. 경쾌한 리듬감과 멜로디, 여지를 남기지 않고 명쾌하게 척척 맞아 떨어지는 호흡. 그래, 네가 좋아할 만하다. 정답이 있는 것을 좋아하는 사춘기 소녀가 고른 음악은 딱 그 아이를 닮았다.

그렇게 기나긴 침묵 끝에 튼 대화는 의외의 방향으로 흘러갔다. 그 뒤로 우리는 짧은 시간이지만 아이가 좋아하는 노래를 듣고, 그림도 그리며 많은 이야기를 할 수 있었다. 늘 화가 나있던 아이의 얼굴도 차츰 평온해져 가는 걸 느꼈다.

"엄마는 동생만 좋아해요."

"선생님이 어머님 뵈었을 때는 너를 엄청 생각하던걸?"

"동생이 잘못한 건데 자꾸 저를 혼내요. 짜증 나요."

"그래서 엄마가 싫어?"

2 2002년 데뷔한 일본 기타 듀오.

"아뇨. 그냥 그렇다고요."

아이는 엄마가 좀 더 자신에게 관심을 주고 부드럽게 말해주길 원했다. 아이의 어머니도 뭔가 터프한 이미지였는데, 엄마와 두 자매가 닮은 꼴이어서 깜짝 놀랐다. 부모 상담을 통해 아이의 마음속 이야기를 전달해 드리자 어머니도 흔쾌히 실천에 옮기셨다.

우리는 과학 교과서에 나오는 여러 물질의 끓는점에 대해서도 이야기를 나누고, 이혼 후 엄마와 동생 몰래 아빠를 만난 이야기도 했다. 아빠는 좋지만 엄마를 힘들게 하는 것이 싫어 만남을 비밀로 하고 있다고 했다. 좋아하는 애니메이션에 대해 이야기를 나누고, 동생에 대해서도 이야기를 나눴다. 동생은 그 아이의 표현으로 '꼴통'이지만 좋아하는 내 동생이고, 다른 어른들한테 버릇없이 구는 게 싫다고 했다. 그렇다고 누가 동생을 무시하는 것은 더 싫다고 했다. 나는 아이를 위해 기억도 잘 나지 않는 과학 지식을 쥐어짜고 애니메이션이 어떤 것이 있나 사전 공부도 해가며 아이를 만났다. 이런 노력이 통했는지 언젠가 아이는 내게 말했다.

"저는 말이 통하는 어른은 선생님이 처음이에요."

"그래? 내가 말이 좀 통하나? 고마워."

"어른들은 말이 안 통해요. 진짜 무식한 어른도 많고요. 잘 알지도 못하면서 지적만 해요."

"그래, 어른들은 '척'하는 게 좀 있지?"

"그런데 선생님은 안 그래서 좋아요. 말이 통해서 좋아요."

다행이다. 내가 너의 말을 잘 이해하고 있고, 너는 나와 있을 때 비로소 마음이 편안해졌구나. 안도감이 든다. 말이 통해서 좋다는 말이 제법 맘에 든다. 말이 통한다는 건 곧 안온한 사이가 될 수도 있다는 거니까.

다른 사람들이 다 말썽쟁이에 중2병 걸린 아이라고 치부해도 나는 안다. 이 아이가 얼마나 치열하게 자신을 찾아가고 있는지. 애니메이션과 데페페를 좋아하는 이 아이는 벌써 자기가 좋아하는 것을 분명히 알고 있지 않은가. 녀석의 '말이 안 통한다'는 말은 아직 삐죽삐죽 채 어른이 되지 않은 소녀가 나를 있는 그대로 보아달라는 바람을 담은 말일지도 모르겠다. 그저 같이 음악을 공유하며 이야기를 나누다 보면 언젠간 '척'하는 재즈도 깔깔 웃으며 들을 날도 오겠지.

왜

살까?

"정말 제 남편이 그럴 줄은 몰랐어요. 나에게 잘했고, 헌
신적이었다고요."

"그렇군요. 많이 신뢰하셨나 봐요."

"네, 그랬죠. 의지도 많이 하고. 그 사건을 알게 된 건
작은 영수증 때문이었어요."

"영수증이요?"

"마트 영수증에 콘돔이 찍혀있더군요. 우리는 콘돔을
쓰지 않는데."

"……"

"느낌이 싸하더라고요. 그래서 혹시나 하는 마음에 휴

대폰을 확인해 봤어요. 우리는 비밀번호도 걸지 않아요. 그만큼 믿었는데….”

"사람의 신뢰가 무너지는 건 한순간이네요.”

"어떤 모텔에서 보낸 확인 문자가 있었어요. 숨이 턱 막히고 손이 덜덜 떨렸어요. 그래도 어쩔 수 없잖아요. 확인을 했어야 하니까. 보니까 우리가 아이를 가지려고 노력했던 그 시간에도 만났고 성매매도 여러 번, 벌써 몇 년 되었고요. 아이 돌잔치 그제도 그 여자와 모텔에 갔더라고요.”

"아니, 정말요?”

"무슨 생각인지 그 여자 만날 때마다 녹음을 했더라고요. 그게 고스란히 휴대폰에 남아있었어요. 너무나 완벽한 증거였죠. 자꾸 남편과 여자의 대화가 생각나요.”

"세상에, 그게 인간이에요?”

"그걸 여태 몰랐다는 것, 속았다는 느낌에 견딜 수 없어요. 하루에도 수십 번 생각나요. 그를 닮은 아이를 보면 답답해져요. 아이는 죄가 없잖아요. 그런데도 제가 너무 괴롭고 힘드니까 자꾸 화를 내게 돼요. 왜 나한테 이런 일이 생긴 거죠? 나는 아무 짓도 안 했는데… 내가 뭘 잘못했다고!”

그녀의 마른 입술이 파르르 떨렸다. 체한 듯 갑갑해졌다. 알고 있는 모든 욕이 목구멍 끝까지 차오른다. 도대체 왜 사는 거지? 이 물음이 수백 번 떠올랐다 가라앉았다. 마음속으로는 '헤어져!'를 외쳤지만, 입 밖에 낼 수는 없었다.

"친정 엄마한테 말도 못 했어요. 속상해 하실까 봐. 시어머니한테 말하니까 자기랑 비밀로 하재요. 나는 어디에도 말할 사람이 없어요. 가슴이 터질 것 같아요. 속이 썩어 들어간다는 느낌이 이런 걸까요."

《레 미제라블》을 쓴 위고는 "음악이란 말로는 표현할 수 없는, 그렇다고 침묵할 수 없는 것을 표현하는 것"이라고 말했다. 사회적으로 좋은 직장에 자상한 아빠, 겉으로는 멀쩡한 이 남자가 아내에게는 지옥이었다. 한 사람의 면면이 그토록 다양하다는 것과 세상에 좋은 사람이란 과연 존재할까 싶은 이중성에 아찔했다. 바람피운 남편과 그걸 덮으려 쉬쉬하는 시어머니와 고된 육아. 모든 불화살이 아이에게 향했다. 말할 수도, 말하지 않을 수도 없는 그에게 음악이, 위로가 될 수 있을까.

몸과 마음이 피폐해진 사람들은 오랜 시간 누구에게도 이야기 못 하고 끙끙 앓다 결국 곪아버리거나, 너무 만성이 되어 자기가 아픈 줄도 모르게 된다. 괜찮은 척, 아무렇지 않은 척하다 보면 분명 고장이 나고 만다. 가해자는 잘못을 인정하지 않고 당한 사람만 아프고 병드는 이런 관계. 어느 정신과 의사가 그랬다. 병원에 정작 치료를 받아야 할 사람은 안 오고 그 주변 사람들이 상처받아 오는 경우가 많다고.

상처에 유통 기한은 없다. 영광의 상처라고 애써 포장하지만 상처는 상처다. 어디선가 본 사진이 생각난다. 해변의 한 건장한 남자 팔에 남은 오래된 상처, 그 상처에는 모래가 묻지 않았다. 깊은 상처는 아물어도 땀샘이 재생되지 않아 모래가 묻지 않는다. 겉으로는 다 나은 듯 보이지만 실은 피부의 기능이 망가진 채 살아가는 것이다. 시간이 지나도 아픔의 흔적은 남아있다. 예전으로 돌아갈 수는 없다. 다만 남은 평생 상처를 나의 일부처럼 안고 살아가는 것이다.

누군가는 "그냥 다른 사람 만나서 새롭게 시작해라" 혹은 "사람은 고쳐 쓰는 게 아니다"라고 말할 수도 있겠다. 물론 가정 폭력, 아동 폭력과 같은 심각한 범죄의 상황에서는 바로 그 상황을 벗어나 외부에 도움을 요청해야 한다. 그런데 삶이란 건 그렇게 남들이 쉽게 정의 내릴 만큼 간단한 게 아니었다. 우리가 생각하는 답이란 것도 누군가의 인생에서는 오답일 수 있다. 더구나 음악치료사는 답을 알려줄 수 없다.

뿐만 아니라 인생에서 어마어마하게 어려운 길을 가는 분들이 있다. 사회에 헌신하는 사람들, 봉사하는 삶을 사는 이들, 남들이 가기 어려운, 또는 남들이 기피하는 직업을 선택한 사람들. 그분들의 선택처럼 삶은 이득을 보는 일로만 이루어지지 않는다. 선택은 여러 가지 위험을 동반한다. 서로 가보지 않은 길에 훈수를 놓을 필요는 없다.

그렇다면 나는 '그'와 왜 살까? 잠시 생각해 본다. 그 물음에는 누군가의 관계도 있고, 내가 가야 할 길도 있다. 우리도 참 많은 고비와 싸움과 벅찬 행복이 있었다. 나는 느리고 남편은 빠르다. 그는 목소리가 크고 나는 귀가 예민하다. 나는 깊어지길 바라고, 그는 높아지길 원한다. 나는 나른한 봄 햇살을 좋아하고 남편은 모든 것이 얼어붙는 차가운 겨울을 좋아한다. 이렇게 결이 다른 두 사람이 여태껏 함께 살아온 것이 기적이다. 그래서 우리는 늘 전쟁하고 협상하며 타협하고 화해한다. 협상의 기술은 꽤 늘었고, 이제 서로가 싫어하는 것도 알았다. 다행히 그는 잘못에 관해 인정하고 행동을 바꾸려 한다. 그 노력이 밉지만은 않다. 그리고 아직까진 안쓰럽다. 나도 남편이 싫어하는 말은 안 하려 애쓰고, 화가 나면 바로 마주하지 않으려 한다. 그와 사는 이유를 찾는 일은 어쩌면 미운 날들에 대한 변명, 때로는 앞으로의 날들에 대한 다짐이다.

우리에게는 8년이란 긴 신혼 생활을 끊어준 아이가 있다. 어린이집에 간 지 한 달쯤 된 딸아이가 '같이'라는 말을 배워 왔다. 이제 막 말을 배우는 아이는 엄마, 아빠와 같이 무언가를 하는 걸 좋아한다.

"엄마 아빠랑 같이 앉아써."

의자에 앉아있으면 엄마, 아빠 사이에 앉으려 조그만 엉덩이를 비집고 올라오고, 한 줌도 안 되는 자그만 손으로 아빠 등을 긁어주기도 한다. '같이'라는 말은 얼핏 들으면 '가치'라고도 들린다. 엄마, 아빠와 같이하는 것, 같이 있는 것이 지금 이 순간 아이에게는 가장 가치 있는 일일 것이다. 아이뿐만 아니라 우리도 마찬가지. 같이라는 그 말이 사랑스러우면서도 무겁다. 고단하지만 같이 가면서 가치 있는 삶을 향해 가는 것이 우리 가족의 목표다.

솔직히 '왜 살까'란 물음에 단호하게 정답만 생각했던 나였다. 그런 내가 이제 조금은 당신의 마음에 와닿을 수 있는 위로가 가능해졌다. 분노하기 전에 복잡하게 엉킨이 문제를 풀고자 고군분투한 당신의 마음을 조심스레 헤아려 보게 된다. 실패의 경험이 없었더라면, 결혼을 하지 않았더라면, 아이를 낳지 않았더라면 그들의 마음을 깊이 공감할 수 있었을까. 물론 모두 경험해야지만 위로할 수 있는 건 아니다. 그러나 인생의 모든 게 성공적이었다면 음악치료를 할 때 인생이 뜻대로 되지 않았던 많은 사람들을 진정으로 위로할 수 있었을까. 자신이 없다. 이럴 때는 실패의 경험들이 꽤 유용하다.

경험이란 건 어떨 때는 책보다 더 다양한 방향의 감각과 지식을 요구하게 된다. 책으로만 배운 기술보다 그 단계를 뛰어넘는 위로가 있음을 어렴풋하게 깨달아 간다. 사람이기에 인생은 정답도, 오답도 없음을 사람에게서 배운다. 당신들 덕분에 내일의 나는 어제의 나보다 더 따스할 것이다. 세계를 조금씩 넓히며 한 뼘 정도 더 성장할 것이다.

지금
헤어지는 중입니다

목요일 오후 12시 30분, 내가 센터에 도착하는 시간. 한 사람이 있었다. 항상 같은 시간에 그녀는 길목에 서서 나를 기다린다.

"선생님!"

"아, 옥분 님. 오늘도 기다리셨어요?"

"선생님, 잘 지내셨어요?"

"네, 그럼요. 건강해 보이시네요. 산책은 하셨어요?"

옥분 님은 그렇게 몇 분 안 되는 시간을 나와 대화하기 위해 기다린다. 여기 센터에서는 처방 받은 약 기운 때문에도 그렇고 생활 패턴이 다람쥐 쳇바퀴처럼 늘 같아 오늘이 며칠인지, 어떤 계절인지도 모르는 사람들이 대부분이다. 그중에서도 시간에 둔감했던 옥분 님이었다. 그런데 내가 오는 요일과 시간을 기억해 기다린 것이다.

옥분 님은 내가 이 센터에서 첫 해에 만난 나의 내담자이다. 1년간 함께하고 우리는 잘 헤어졌다. 그런데 그건 나의 착각이었다. 다음 해 다시 세션실에 들어왔다.

"옥분 님이 하도 음악치료만 한다고 하셔서요."

"아, 네…."

상의 후 결국 세션을 한 해 더 하기로 결정했다. 옥분 님은 여러 정신병이 함께 있어 약물 치료를 병행하는 환자였다. 다시 만난다는 생각에 싱글벙글하던 그녀는 처음 시작하는 다른 분들보다는 음악치료가 익숙했던지라 텃세를 부리기도 했다. 제멋대로인 그녀는 나에게만큼은 어린아이 같은 눈망울로 사랑을 갈구한다. 안쓰럽기도 측은하기도 하다. 이런 마음 때문에 유효 기간이 다 된 연인들이 헤어지지 못하는 걸까? 나에게는 조금 힘든 사례였다. 가장 큰 고민은 어떻게 잘 헤어지는가였다.

음악치료 세션은 정해져 있는 기간이 있어 말미에 늘 헤어짐을 예고한다.

"우리 다음 달이면 끝나네요."

"이제 세 번 만나면 헤어집니다."

"다음 시간이 마지막 만남이군요."

"오늘 우리 마지막 시간이에요."

이렇게 마지막을 기다리면서 나도 그들도 헤어질 준비를 하는 것이다. 시간을 두고 몸과 마음을 정리하면서 아쉬움을 가다듬는다. 옥분 님 역시 그렇게 헤어질 준비를 잘하는 듯했다. 그런데 아직 준비가 되지 않았던 모양이다. 그렇게 마지막 세션이 끝나고도 옥분 님은 3년째 나를 센터 건물 앞에서 기다린다.

세션 외 시간에 만나는 건 나로서는 부담이 된다. 치료기간에는 치료 목적에 집중하기 때문에 여러 통제를 받는다. 그런데 세션 외 만남은 갑자기 예고 없이 집 앞에 찾아온 전 남자친구와 같다. 반갑기도 하지만 당황스럽다.

물론 센터를 오가며 복도에서 다시 만난 분들도 있다. 그들이 나를 기억한다면 아주 반갑게 인사를 하거나 '와락' 안기는 등 반가움의 표현을 한다. 1년 동안 마음을 주고받은 사람들인데 얼마나 반가울까. 그런데 옥분 님은 나에게 미해결 과제였다.

"왜 지난주에는 안 왔어요?"

"지난주에 왔는데, 좀 일찍 왔어요."

"그래요? 선생님, 저 핸드폰 번호 좀 알려주세요."

"네?"

"저 이제 여기 나가요. 친오빠랑 살기로 했거든요. 선생님이랑 연락하고 싶어요."

"아 그래요? 잘 됐네요. 센터 복지사님한테 얘기해 놓을게요."

예전에 친오빠에 대한 이야기를 한 적이 있었다. 보호자가 유일한 혈육인 친오빠밖에 없었던 옥분 님은 오빠의 가족이 반대해 함께 살지 못하는 사연이 있었다. 그런데 나중에 사회복지사 선생님께 확인을 해보니 센터를 나간다는 그 말은 거짓말이었다. 마음이 동해 번호를 줄 뻔했다. 점점 관계의 균형이 깨어지는 기분이었다.

"어떡하죠? 옥분 님이 자꾸 기다리는데?"

"그래요? 일단 저희가 잘 타일러 볼게요. 그동안 힘드셨겠어요. 아무래도 옥분 님이 선생님을 많이 따랐고 마음 둘 곳이 없어서 더 그런 것 같아요."

"네. 아무래도 그렇겠죠."

옥분 님은 아직 내게 마음이 남아있었다. 헤어지는 방식이 당신 뜻이 아니었기에 마음을 쉽게 접을 수 없던 어린 사람이었다. 거짓말을 해서까지 인연을 놓고 싶지 않았던 것이다. 처음엔 귀찮고 당황스러웠지만 그 마음을 들여다보니 한결 편안해졌다. 헤어지는 시간이 긴 사람이 있다. 아무리 헤어지는 연습을 했어도 계획대로 되지 않는 것이 사람 마음이지 않나. 그렇게 '싹둑' 잘라지지 않는 게 사람이지. 뭔가 더 해주지는 못 해도 기다리는 그 마음을 꺾어버리지는 말자.

누군가의 마음에 들어간다는 건 어려운 일이다. 게다가 누군가의 마음에 들어갔다가 잘 빠져나오는 것도 그만큼 어려운 일이다. 연애처럼 말이다. 언젠가 이별이 있기 마련이다. 그런데 상대와 이별 타이밍이 잘 맞기란 쉽지 않고, 그렇게 맞이하게 된 이별은 큰 상실감을 동반하게 된다. 그 마음이 내 맘대로 되지 않는다. 누군가는 후유증이 너무 크다. 너무나 견고하다고 여겨진 사이가 일방적인 통보로 끊어질 때, 며칠을 앓아누운 기억들이 한 번쯤 있지 않은가. 죄 없는 나 자신을 질책하고 눈물은 하염없이 흐르던 그 기억. 시간에 관한 상실감이 미련으로 남는다.

잘 헤어지는 법, 우리 사이 안전한 종결이라는 게 존재할까. 헤어진 연인을 스토킹하고 주위 사람들까지 해하는 뉴스를 볼 때마다 과연 완벽한 이별이란 실재하는 것인지 모르겠다. 상대의 마음이 끝났다는 것을 받아들이지 못해서, 자기 마음대로 상대방을 휘두르지 못해서 그런 거겠지. 세상이 마음대로 되지 않기에, 서투른 마음을 스스로 다독일 힘 또한 필요하다.

옥분 님은 사회복지사 선생님께 어떤 이야기를 들었는지 아니면 스스로 마음을 접은 건지 나를 기다리는 날이 점차 줄어들었고, 이제는 나를 기다리지 않는다. 그러나 종종 복도에서 마주치면 여전히 웃으며 반갑게 인사한다. 나는 아쉽기도 하면서 후련하다. 다행히 잘, 헤어졌다. 그녀는 예전보다 조금은 더 단단해졌을 것이다.

어떤 만남이건 처음과 끝은 있는 법. 음악치료사는 늘 건강한 헤어짐을 생각한다. 아이도 어린이집에 갈 때 울고불고 엄마와 떨어지기 싫어하는 건 불안해서다. 엄마가 영영 사라질까 봐. 이때 헤어지는 건 아이의 뜻이 아니다. 아이의 마음을 다독이듯, 만나고 헤어짐에 대해 훈련하듯 예상치 못한 불안을 떨치고 홀로 선다. 그렇게 우리는 어렵지만 그렇게 날마다, 달마다 헤어지는 연습을 하며 마음을 내려놓는 법을 배운다.

짤리지
마세요

"다음번에도 꼭 나오셔야 해요."

"짤리면 안 돼요."

마지막 세션에서 사람들이 나의 손을 꼭 잡으며 말했다.

"네, 고마워요."

의아했다. 왜 나의 미래를 걱정할까? 어차피 이분들, 내년에는 못 만난다는 걸 알고 있는데. 이미 다음 해 계약서에 도장을 찍은 나는 본인 걱정이나 하지 싶어 속으로 웃었다. 그러다 문득 깨달았다. 내게 정을 흠뻑 주었던 사람들일수록 내 걱정을 많이 한다는 것이다. 그만큼 비정규직인 내 처지에 대해 많은 생각을 했다는 것. 그도 그럴 것이 워낙 여러 프로그램의 담당 강사가 바뀌는 걸 봐왔기 때문에 내가 잘릴까 걱정이 되었을 것이다.

음악치료사를 정규직으로 쓰는 병원, 센터, 요양원, 학교는 손에 꼽을 정도다. 병원만 해도 대부분 일주일에 두어 시간 잠깐 음악치료사를 쓴다 생각하지, 음악치료 전담자를 뽑지는 않는다. 음악치료를 가장 활발하게 사용하고 있는 소아 정신과 병원에서도 마찬가지다. 그래서 여러 치료사를 써보고 실력이 없으면 가차없이 잘라버린다. 센터나 요양원의 상황은 더하다. 학교 같은 경우, 치료사를 바꾸면 그가 가져온 프로그램도 바뀌는 개념이라, 다양한 방식의 음악치료를 위해서 일부러 1년에 한 번씩 바꾸는 경우도 있다. 그래서 짧은 기간에 좋은 성과를 내기 어렵고, 장기 목표를 세우기 어려우니 매번 새로 쌓아야 하는 악순환이 반복된다. 어떤 곳에서는 음악치료를 그저 레크리에이션의 한 종류로 보는 곳도 있다. 공부할 때 배운 것들을 반의 반도 활용하지 못한다. 또 어떤 특수 학교에서는 학생들과 치료사의 친밀도가 너무 높아지는 것을 경계하기도 한다.

물론 이 모든 경우의 수를 뛰어넘는 실력의 음악치료사가 있다면 1년 연장, 1년 재계약으로 목숨을 연명하기도 하고, 비정규직이지만 장기적으로 쓰이기도 한다.

코로나19로 힘든 시기에는 누구도 원망할 수 없다. 공연장 문은 굳게 닫혔고, 학교는 비대면으로 전환됐다. 문앞에서는 무조건 온도를 체크해야 입장할 수 있다. 5인 이상 집합 금지일 때는 자동으로 음악치료가 중지되었다. 만나서만 할 수 있는 게 바로 음악치료다. 새삼 '대면'의 중요성을 깨닫게 된다.

그래서 우리 음악치료사들은 잘리는 것에 대해 내성이 생겼다. 섭섭하지 않으려고 괜히 괜찮은 척 하지만 일자리가 없어질까 봐 불안감이 있는 게 사실이다. 또 그간 세션 결과가 좋았다 하더라도 관계자들과의 사이가 좋지 않으면 일을 지속할 수 없다.

음악치료 세션에 관련된 사람들은 생각보다 많다. 먼저 내담자와 치료사가 있다. 그리고 이 둘을 연결해 주는 분들이 있다. 또한 병원에서는 음악치료라는 치료법을 선택한 의사나 실무를 담당하는 간호사가 있고, 센터에서는 사회복지사를 비롯해서 행정적 업무를 보시는 분들이 있다. 그리고 학교에서는 담당 부서의 선생님과 부모가 있다. 그들은 세션 장소 및 악기를 지원해 주며, 필요한 경우 세션에 함께 참여해서 보조를 해준다. 또 치료사의 경우도 내담자 그룹의 숫자나 환경에 따라서 음악 활동을 보조해주는 코리더 음악치료사와 한 팀으로 활동하기도 한다. 그런데 의외로 이들과의 관계가 세션의 성공을 좌우할 때가 있다.

몇 년 동안 음악치료를 담당하던 센터에서 있었던 일이다. 나와 3년 정도 호흡을 맞추던 사회복지사가 개인적인 일로 퇴사하고, 다른 분이 8월 즈음 사회복지사로 오셨다. 그분은 학교를 갓 졸업하고 이곳이 사회복지사로서의 첫 직장인 20대 중반의 풋풋한 신입이었다. 나는 그동안 전임자와 여러 가지 시도 끝에 적절한 해답을 찾았던 방식이 있었는데, 그걸 새로 오신 분에게 강요할 수 없었다. 나는 여전히 '을'이었기 때문이다. 방식이란 게 세션을 마치고 하는 면담이라든지, 시간 분배와 같은 사소한 것들이어서 나는 다시 시작하는 마음으로 새로 온 사회복지사 선생님이 제안하는 방식에 따르기로 했다. 그런데 요구하는 것들이 점점 많아지기 시작하면서 다른 생각이 들었다. '이거 나와 힘겨루기를 하는 건가?' 내가 잠시 텃세를 부렸나 돌아봤다. 그런 요구사항들은 옳고 그름의 문제가 아니어서 굳이 날을 세울 필요는 없었다.

그러던 어느 날 나에게 온갖 짜증을 내고 가버린 그녀

가 세션 직전 내 마음을 들쑤셔 놓아 진정이 되지 않았다. 큰일 났다. 사람들이 세션실에 하나둘 들어오고 있었다. 이 나쁜 감정을 빨리 털어버려야 하는데! 어쨌든 세션은 시작되었고, 준비한 프로그램대로 진행은 되었다. 그런데 한 내담자가 말썽이었다.

그 50대 여성은 몸이 말라 왜소하고 얼굴에는 늘 그늘이 졌었다. 부정적인 말을 입에 달고 살았고, 안 하겠다는 말을 안 하면 이상할 정도였다. 마치 '안 해요' 병에 걸린 네 살 아이처럼 말이다. 그러면 나는 시간을 두고 그분이 참여하고 싶은 마음이 생길 때 하도록 했다. 그날 역시 늘 그랬듯 그녀는 안 하겠다고 말했다. 그런데 그 말, 매번 듣던 그 '안 하겠다'는 말에 짜증이 확 솟구쳤다.

"그럼 하시지 말던가요."

내가 입 밖으로 내뱉고도 놀라 눈이 커졌다. 평소와 다른 나의 반응에 다른 사람들도 놀라 나를 바라보았다. 그분도 마찬가지였다. 잠시 나가려던 행동을 멈추더니, 다시 해보겠다고 했다. 나로선 정말 다행이었다.

"내가 왜 그랬을까…."

결과적으로 행동을 이끌어 냈으니 나쁜 건 아니었으나, 내가 의도한 건 아니었다. 세션이 끝나고 찜찜한 기분이

들었던 건 사실이다. 내가 왜 그랬을까. 뭔가 의견이 대립되는 상황이 비슷해서였을까? 나는 그 50대 여성 내담자에게 새로 온 사회복지사의 모습을 투사한 것이다. 그러고 보니 두 사람은 왜소한 체형과 생긴 외모도 비슷한 느낌을 풍겼다. 게다가 그 부정적 감정을 털어낼 틈도 없이 세션에 들어가 누군가에게 쏟아냈던 것이다. 맙소사.

그날 이후로 세션 전 감정에 대해 마음을 조심, 또 조심했다. 나에게 본인의 직무 스트레스를 쏟았던 그 초보 사회복지사는 다른 프로그램 강사에게 호되게 당했는지, 아니면 다행히 일이 익숙해지고 마음의 안정을 찾은 건지 태도가 한결 부드러워졌다. 이렇게 세션 안의 시간도 중요하지만 밖에서의 인간관계도 음악치료에 많은 영향을 끼치고 있었다.

그러고 보니 내가 누군가를 자른 사건도 있었다. 임상실습의 기간을 마칠 즈음, 슈퍼바이저 교수님께서 후배 음악치료사 교육을 위해 일정 기간 실습을 더 하는 것이 어떻겠냐고 제안하셨다. 나는 당시 무급 임상은 그만하고 싶었으나, 내가 선배들로부터 도움을 받았기 때문에 당분간 더 하기로 결정했다. 그리고 나에게 새로운 코리더 치료사가 배정됐다.

그런데 이 보조 치료사는 간단한 피아노 반주도 자기는 잘 못한다고 안 하고, 지각을 하거나 세션 준비에도 소홀했다. 그래서 음원을 틀어주기로 했는데, 매일 두 번씩 하는 인사 노래도 타이밍을 못 잡아 노래를 중간에 끊었다 다시 틀곤 하는 것이다. 결국 내가 어깨에 기타를 메고 반주를 하면서 세션을 진행하고, 세션 준비도 나 혼자서 하는 꼴이 되었다. 그 보조 치료사는 세션을 진행하는 동안 피아노 의자에 앉아서 지켜보다 아이들이 노래하면 박수를 치며 감상하고 있었다. 할 말이 없었다. 함께 지켜보던 간호사 선생님도 의아해하셨다.

어느 날엔가 그렇게 구경을 하고 나오며 보조 치료사가 들떠서 나에게 말했다.

"어머, 아이들이 변화하는 게 너무 신기해요."

그게 왜 신기할까? 옆에서 과정을 다 지켜보았으면서. 나는 깊은 '빡침'을 느꼈다.

"직접 한번 해보실래요? 많이 보셨으니까."

"네?"

"음악치료사 하실 거죠? 실습 오신 거잖아요… 혹시 제가 여기 임상 기간도 다 끝났는데 있는 이유를 아시나요?"

"…"

"실습하실 때 가이드 해주려고 있는 거예요."

"네? 저는 선생님 도와주려고 오는데요?"

"저를 도와….."

말문이 턱 막혔다. 나를 도와준다는 사람이 반주 연습도 안 해오고, 지각은 밥 먹듯이 해서 내가 악기를 챙기게 하고, 세션 내내 콘서트에 온 관객처럼 박수만 치나?

"우리는 서로 생각이 다르군요."

더 이상 나눌 말이 없었다. 서로의 역할을 다르게 알고 있는 사람끼리 더 대화하는 건 의미가 없었다. 그날 밤 나는 고민하다 슈퍼바이저 교수님께 전화를 했다. 사정을 이야기하고는 답을 구했다.

"제가 이 사람한테 어찌해야 할까요? 뭘 해줘야 할까요?"

"일단 알겠어요. 제가 알아서 할 테니 선생님은 마음 놓고 계셔요."

다음 세션에 갔을 때 다른 실습 치료사가 와 있었다. 더 묻지 않았다. 자를 생각은 아니었는데, 내 말 한마디로 잘린 꼴이 되었다.

'일을 하는 태도'에 대해 진지하게 고민해 보면 답은 없는 것 같다. 내가 일에 대한 자부심이 있고 실력이 있는 것과는 별개로 사람과의 관계가 그 프로젝트의 승패를 가를 때가 있었다. 호흡이 잘 맞는 코리더와 일을 하면 음악도 더 잘되고 세션의 결과도 좋았다. 음악치료 세션과 관련된 사람들과 내가 관계를 잘 맺으면 그들은 나를 든든하게 지원해 주었고, 내담자들을 더 잘 파악할 수 있게 해 주었다. 하다못해 악기라도 더 사주어 그 혜택이 내담자들에게 돌아갔다.

마지막으로 태도에 관해 생각나는 일을 말해 볼까 한다. 해외 레지던스에서 같은 스튜디오를 쓰던 언니가 있었다. 우리는 예술경영지원센터에서 같은 기금을 받고 온 아티스트였는데, 물론 담당자도 같았다. 언니는 나보다 한 달 정도 늦게 도착해, 짐을 풀고는 잘 도착했다며 그 담당자에게 메일을 보냈다. 그런데 메일에 이곳의 풍경 사진과 함께 경쾌한 말투로 안부가 적혀있었다.

"언니! 메일을 꼭 친구한테 쓰는 것 같아요!"

"그래? 나는 늘 이렇게 쓰는걸."

"저는 그냥 일에 관한 내용만 보내거든요."

해외여행에 관록이 있는 언니가 말했다.

"이 사람들도 사무실에서 일하며 얼마나 갑갑하겠어. 그래서 여기서 있었던 일들도 얘기해 주고 사진도 보내주

고 하면서 '당신들이 지원한 아티스트가 이렇게 잘 있다'
고 말해주는 거야. 당신들 일 잘하고 있다고."

"우와, 그런 생각은 전혀 못했어요."

"이렇게 조금만 마음을 쓰면 더 큰 마음이 돌아온단다,
아가야."

어릴 때는 잘 몰랐던, 관심도 없었던 관계의 마음들이
이제야 크게 느껴지는 이유는 무엇일까. 그 후 그 담당자
는 비행기 타고 날아와 지원을 빵빵하게 쏴주고 돌아갔
다. 결국엔 사람이 하는 일이다. 결국엔 재미나게 살려고
하는 일이다. 빡빡한 일정 속에서는 무해한 친절이 한 번
쯤 당신을 미소 짓게 한다. 그래서 나는 메일 하나라도 최
대한 다정하게 쓰려 노력한다. 당신의 안부도 묻고 날씨
도 이야기하고 시답지 않더라도 내 일상을 조금은 공유하
면서 말이다.

세상의
고래들

한때 ENA에서 방영했던 드라마 〈이상한 변호사 우영우〉를 기억할 것이다. 주인공 '우영우'는 자폐스펙트럼을 가진 고기능 자폐인으로 변호사다. 그녀가 좋아하는 것 중 하나가 바로 '고래'다. 극 중 우영우는 고래 이야기로 세상과 소통하며, 법정에서도 좋은 아이디어가 떠올랐을 때 고래들이 퐁퐁 튀어 오른다. 고래는 주인공 우영우를 상징하는 동물이자 많은 메타포를 담고 있다.

그런데 생태학자 최재천 교수님이 우영우의 고래에 대

한 새로운 해석을 내놓았다.[3] 우영우가 고래를 좋아하는 이유는 야생 동물 중 인간을 제외한 고래만이 장애를 가진 동료를 돌보는 유일한 동물이라는 점이다. 대부분 동물은 야생에서 장애를 가지게 되면 도태된다. 그러나 고래들은 아주 적극적으로 다친 동료를 도와준다. 포유류인 고래가 부상으로 숨쉬기 어려워한다면 다른 고래가 등에 업고 유영한다. 서로를 돌보는 고래들과 그런 고래를 좋아하는 우영우. 이런 놀라운 해석이 있나! 보자마자 무릎을 탁 쳤다.

우영우의 주변에는 그녀를 도와주는 여러 고래들이 있다. 아빠를 비롯해서 학창 시절 친구 '동그라미', 연인 '이준호', 그리고 멘토인 '정명석' 변호사를 비롯한 법무법인 한바다의 동료 변호사들이 있다. 드라마 내용은 현실과 판타지를 넘나들지만, 작가는 이런 우영우의 고래들을 통해 여러 이야기를 하고 싶었던 듯하다. 나는 여기에서 '현실의 고래들'에 관해 이야기하려 한다.

암 병동에서 만난 만 다섯 살짜리 남자아이가 있었는데 완치를 앞두고 있었다. 세 살에 소아암 판정을 받은 아이

---

3 〈우영우 변호사가 고래를 좋아하는 이유! 야생에서 장애를 가지면 어떻게 될까?〉, 유튜브 채널 《최재천의 아마존》.

는 그동안 얼마나 힘들었을까. 수많은 항암 주사와 검사들, 상상할 수도 없는 통증, 그 아픔마저 말로 표현하기엔 어린 나이. 그동안 암과 싸우기 위해 고군분투했을 아이와 지켜보는 부모를 생각하니 마음이 아렸다. 그러나 이제 다 나았다. 가족의 승리였다.

아이에게는 두 살 터울의 누나가 있었는데 누나는 아이를 잘 돌봤다. 생떼를 쓸 조짐이 보이면 슬기롭게도 동생이 마음 상하지 않게 감정이 향하는 방향을 바꾸어 주었다. 어린 나이에도 부모님의 수고로움과 동생의 아픔을 이해하는 영특한 어린이였다.

그러나 부모의 모든 관심은 아픈 동생에게 있었다. 누나도 이제 고작 여덟 살, 관심 받고 싶을 나이인데 그러기엔 동생이 너무 아팠다. 그동안 힘이 든 건 누나도 마찬가지였다. 많은 것을 양보하고 기다렸던 누나의 마음은 누가 알아줄까? 힘들어하는 엄마를 위해 떼쓰고 싶은 마음을 꾹 참았을 것이다. 나는 매번 밖에서 얌전히 기다리는 누나가 신경 쓰였다.

"예림아, 잘 지냈니?"

이름을 불러주자 이내 해처럼 환해지는 얼굴. 예림이는 그동안 꾹꾹 참아온 말을 내게 조심스럽게 했다.

"선생님, 저도 같이해도 될까요? 저도 하고 싶어요."

내가 미처 대답하기도 전에 아이 엄마가 만류하며 말했다.

"예림아, 이건 수호가 하는 거잖아. 너는 집에서 다른 걸 하자. 너는 안 아프잖아. 누나니까 그럴 수 있지?"

그날 이후로 예림이가 더욱 마음 쓰였다. 안 된다고 했을 때 아쉬워하는 한숨과 늘 그랬듯 체념하는 눈빛이 아른거렸다. 이후 나는 수간호사 선생님께 상황을 말씀드렸다. 다행히도 수간호사 선생님은 동생을 살뜰하게 챙기는 예림이를 기억하고 있었다. 동생이 건강을 많이 되찾은 상태였고, 그동안 곁을 지켜준 누나의 마음도 보듬어 주자는 의견이 다행히도 일치했다. 약속한 세션이 얼마 안 남았지만 함께하기로 결정한 것이다. 아이의 마음을 읽어주고 결정해 준 수간호사 선생님이 너무 큰 어른 같아 감동이었다. 또 함께하자고 했을 때 보송보송 솜사탕처럼 피어나는 아이의 표정을 잊을 수 없다. 비행기 노래에 색종이로 접은 비행기를 날리던 웃음소리가 아직도 기억난다. 언젠가 예림이는 나를 끌어안고는 팔에 무언가를 걸어주었다. 동물 모양의 구슬이 엮인 예쁜 팔찌였다.

시간이 많이 지나 고무줄이 느슨해졌지만 아직도 소중

하게 여기는 팔찌. 그 팔찌를 보면 예림이의 환한 웃음소리, 그리고 연세 지긋한 수간호사 선생님의 밝은 미소가 파도를 타는 돌고래처럼 퐁퐁 떠오른다.

언젠가 특수 학교에서 음악 수업을 마치고 나오는 길, 교문 밖에는 아이들을 기다리고 있는 부모님의 모습이 보인다. 지친 표정의 부모님은 아이가 나오자 해처럼 밝은 얼굴로 아이를 맞이한다. 아이는 부모님을 보고 천사처럼 달려가 안긴다. 몸은 고되지만 찰나의 기쁨들이 삶을 계속하게 한다. 장애 아동의 가정은 아이의 뒷바라지를 위해 직장도 그만두고 온 삶을 바치는 고래 같은 부모들이 많다. 특히 성장하면서 또래보다 덩치가 더 커지는 아이들은 엄마나 할머니가 감당하기 어려워 아빠가 돌보기도 한다. 일부 가정은 그런 상황이 힘들어 이혼을 한다.

현실에서는 〈이상한 변호사 우영우〉의 우영우보다 〈말아톤〉의 '초원이' 같은 친구들이 더 많다. 이미 전문가가 된 장애 아동 부모들은 여기저기 도움이 된다 싶은 프로그램을 많이 돌린다. 그래서 한번 스케줄이 어긋나면 잡기가 어렵다. 아이가 나보다 더 바쁘다. '조금만 더 해보자, 치료될 거다'라는 희망의 반복 속에서 아이는 지친다. 그런데도 아이는 안다. 부모가 나를 위해 노력한다는 것을. 애쓰고 있다는 걸 알기 때문에 아이들은 군말 없이 따라나선다. 조금의 희망이라도 붙잡고 싶은 것이 인간이고, 그것이 때론 어려움을 견뎌내는 힘이 되기도 하니까.

가장 힘든 부분은 타인의 시선이라고 한다. 특수 학교에서 등하교는 정말 전쟁과도 같은데, 모두 꽁꽁 숨어서 등하교를 한다. 장애 아동이 보기 싫다는 민원이 들어오기 때문이다. 장애 아이와 함께 길을 걸을 때 측은한 눈길을 보내거나, 남과 다른 신체적 모습을 신기하게 바라보기도 한다. 심지어 자기한테 피해가 갈까봐 피하는 눈길, 문제 상황에 경멸하는 눈길, 조롱, 멸시, 두려움, 소문…. 그런 시선들로 인해 사회에서 숨어 사는 삶을 강요당하는 것이다. 장애에 대한 스트레스보다 외부의 시선을 통해 받는 스트레스가 더 크다고 한다. 일상이 투쟁이다.

스트레스 요인 중 또 다른 하나는 어설픈 공감이다. "힘드시겠어요"라고 말하며 갑자기 불쌍한 사람으로 만드는 것. "장애아 엄마가 이런 것도 해?"라고 하며 부모의 일상과 삶에 대한 욕망을 재단하는 것. 똑같이 아이를 키우는 과정인데 다른 세계를 보는 것처럼 말하는 데서 상처를 받는다. 장애 아동의 가족도 평범한 가족의 한 형태고, 같은 공동체의 구성으로 보이길 바랄 뿐이다.

BTS의 노래, 〈Whelien52〉에는 '52헤르츠 고래'가 등장한다. 이 고래는 1989년, 미 해군이 소련의 잠수함을 탐지하기 위해 만든 '수중 음향 감시 체계(SOSUS)'로 처음 발견했다고 한다. 보통 고래들은 12~25헤르츠 정도의 낮은 소리로 의사소통을 하고, 대왕고래는 그보다는 조금 더 높은 30헤르츠로 의사소통을 한다. 특히 대왕고래는 저주파로 800킬로미터 떨어진 곳에서도 대화를 나눌 수 있다니 참 대단하다. 캄캄하고 깊은 바다에서 의사소통을 위해 그렇게 진화한 것이다.

그런데 52헤르츠 고래는 52헤르츠의 소리를 낸다고 한다. 다른 고래들과 의사소통을 하는 소리의 영역이 다르다는 이유로 '세상에서 가장 외로운 고래'라는 별명이 붙었다. 드라마에서 우영우의 휴대폰 번호가 '5252'인 것도 이 52헤르츠 소리를 내는 고래에서 영감을 얻지 않았을까 생각한다. 그런데 이 고래는 정말 세상에서 가장 외로운 고래일까?

52헤르츠 고래를 처음 발견한 왓킨스 팀은 12년간 기나긴 추적 끝에 52헤르츠 고래가 대왕고래의 이동 경로와 비슷하게 움직인다는 것을 확인했다. 즉, 52헤르츠 고래는 혼자가 아니었다. 의사소통에는 장애가 있을 수 있지만, 대왕고래 무리 안에서 함께 어울리며 살아가는 평범한 고래였던 것이다.

실제로 향고래 무리가 장애를 가진 돌고래와 함께 다니는 모습이 관측되기도 하고, 지느러미가 없는 범고래가 무리에서 도태되지 않고 함께 사냥에 참여하는 것도 확인됐다고 한다. 〈이상한 변호사 우영우〉에서도 언급되었듯, 외뿔고래 한 마리가 흰고래 무리와 함께 사는 경우도 있다.

그렇다면 어떻게 고래처럼 연대하며 살아갈 수 있을까? 우리는 어느 타이밍에 무심해야 할지 아니면 적극적으로 도와줘야 할지 잘 모른다. 정도를 몰라서 배려가 더욱 어렵게 느껴지고, 다가감에는 어떤 용기가 필요하기도 하다. 때론 몰라서 상처 주기도 하고, 실수하기도 한다.

그러나 세상은 참으로 다양한 인생이 있고, 다양한 관계도 많다. 그들의 가족 역시 원해서 그런 상황에 빠진 것은 아닐 것이다. 선천적인 장애도 있지만 후천적 장애의 비율이 더 높다는 사실을 이제는 알 것이다. 평범한 삶을 살던 사람들도 순간의 사고로 인해, 또는 암과 같은 병을 얻어 장애가 생길 수 있다. 팔이 부러지거나 발목이 골절되거나 임신 등으로 일시적인 신체적 불편을 겪게 될 때도 있다. 그러니까 나도 언젠가는 사회적 약자가 될 수 있다는 것이다. 그런데 가만히 생각해 보면 꼭 그런 상황을 겪어봐야만 알 수 있는 건 아니지 않을까?

〈이상한 변호사 우영우〉에서 동료인 권민우는 우영우가 오히려 강자라며 공평과 공정에 대해 의문을 제기한다. 자신보다 우위에 있는, 항상 1등이었던 우영우를 자폐인이라는 이유로 주위 사람들이 배려할 이유가 없다는 것이다. 권민우의 태도는 이 시대 약자에 대한 뒤틀린 의식을 대표한다. 똑같이 대우를 받아야만 과연 그것이 평등이고 복지일까? 또한 시니어 변호사인 정명석에게 재판에서 우영우의 돌발 행동에 대해 패널티를 줘야 하는 것 아니냐고 묻는다. 그 질문에 정명석 변호사는 이렇게 답한다.

"같이 일하다가 의견이 안 맞고 문제가 생기면 서로 얘기해서 풀고 해결을 해야죠. 매사에 잘잘못 가려서 상 주고 벌 주고, 난 그렇게 안 합니다."

우영우의 고래 중 하나인 정명석 변호사에게 우리가 환호하는 이유는 최재천 교수가 짚은 것처럼 '지켜야 할 적정선'을 지키는 사람이기 때문이다. 우영우 자체를 인정해 주고 존중해 주는 태도. 길을 헤맬 때에는 적절하게 도움을 주면서 간섭하지 않는 정도(正道). 어쩌면 작가가 정명석 변호사를 통해 그 선을 보여주지 않았을까 싶다. 수

많은 야생 동물들이 장애를 가진 동료를 버리거나 공격한다 할지라도, 인간은 고래들처럼 서로를 돌보며 살았으면한다. 선한 의지를 가진 고래들이 변화시킨 권민우처럼선을 지키며, 그들의 노래를 귀 기울여 들을 수 있도록 주파수를 맞추는 고래가 되어보면 어떨까.

실패해도 괜찮아

음악치료사는 당신 삶의 조력자이자 관찰자다. 항상 무대의 주인공이어야만 했던, 지난날에는 상상할 수도 없는 일이었다. 아주 어릴 때부터 나의 몸은 악기를 위해 단련되어 연주에 최적화된 몸이었다. 나의 꿈은 무대 위 빛나는 연주자였고, 그것을 내 첫 직업이자 마지막 직업으로 여겨왔다. 그러나 그 시절이 꼭 행복한 것만은 아니었다. 무대 위 순간을 위해 내 모든 시간, 온 마음과 체력을 쏟았고, 무대가 끝나면 그것들이 모두 스러졌다. '올인'과 '번아웃'의 연속이었다. 비워내면 다시 쏟았고, 채워지면 다시 비워냈다. 하루라도 쉬면 불안했다. 음악은 행복했지만 과정이 괴로웠고, 늘 근육통과 부상을 달고 살았으며, 경쟁에서 잘해야 한다는 강박이 있었다.

그러나 음악치료를 시작한 후 음악으로도 많은 이야기를 담을 수 있고, 다양한 방식으로 즐길 수 있다는 사실을 알았다. 음악은 일상이 되었고, 가끔은 틀려도 좋았다. 음악은 멈추지 않았고 내가 그들에게 주는 만큼 그들도 내게 많은 영감을 주었다. 비로소 '나는 누구인가?'라는 물음에 충분히 답했던 것 같다. 괴로움 대신 즐거움, 나눔에 대한 행복, 타인과의 공존 그리고 즐겁게 음악 하는 법을 깨닫자 삶의 의미가 확장되었다.

덕분에 나는 다른 꿈도 꿀 수 있게 되었다. 요새 유행하는 말 중 하나로 내 마음에 쏙 드는 말이 있다. 바로 '본캐'와 '부캐'다. 본캐가 원래의 내 모습을 의미한다면, 부캐는 평소의 나를 벗어나 새로운 시도나 역할을 부여할 때의 모습이다. 한 사람이 여러 부캐를 가질 수도 있다. 부캐 덕분에 개인의 면면이 확장되면서 다양하고도 유연한 일상성을 찾을 수 있다.

본캐와 부캐의 분리는 꿈과 직업이 불일치되었을 때 생긴 괴리를 메우기 위한 나만의 합리화다. 나는 여전히 음악을 하고 있고 그중 하나의 부캐가 '음악치료사'라는 것.

확장된 나의 세계 속에서 이렇게 종종 글도 쓰고, 그림도 그리고, 음악 공부도 할 수 있게 된 원동력을 갖게 되었다. 그 중심에는 내가 채 완성하지 못한 언어, 음악이 있으니까.

아역배우 김강훈의 인터뷰가 인상 깊다. 매 드라마마다 다른 역할을 맡게 될 때, 어떻게 이전 역할을 지우고 새역할을 맡는지에 관한 질문에 열 살의 프로페셔널한 배우는 예쁜 눈을 동그랗게 뜨며 말했다.

"왜 지워요? 그냥 그 도화지를 넘기면 되잖아요."

어떻게 이런 생각을 할까! 순수한 아이의 마음으로 내린 명답이었다. 아이의 말에 어른인 내가 위로를 받고야 만다. 이제 굳이 내 존재를 증명하려 했던 그 부담감은 덜어낼 수 있었다. 그저 나로서, 내가 지금 할 수 있는 일들이 있고 나는 언제든 자유롭게 변화할 수 있는 유연한 사람이라는 걸 믿는다.

음악치료는 실천적 학문이자, 임상에서의 적절한 적용과 센스를 요구하는 실기 영역이다. 임상이 없는 이론 속의 음악치료는 사람을 대상화하는 오류를 낳기도 한다. 학문적 토대 위에 많이 만나고 부딪치고 모르는 것은 끊임없이 채우는 과정에서 인생을 배운다. 인생에서 패배한 것만 같은 이들에게도 아름다운 시절과 위트는 있었다. 인생에 실패란 건 어떤 의미일까. 실패는 누가 결정짓는 것인가.

나에게 실패는 끝이 아니라 다시 음악치료사라는 새로운 직업의 시작이었다. 굳이 '성공은 실패의 어머니'란 낡은 수식을 하지 않더라도 실패는 많은 장점을 가지고 있다. 실패는 이전 것에 몰입하느라 하지 못했던 다른 걸 할 수 있는 기회를 주고, 빠른 대처를 할 수 있는 맷집이 생기게 한다. 생각이 많아지면 몸을 일으키기가 어렵다. 빨리 몸을 움직여야 한다. 움직이다 보면 길이 보인다. 나에게 맞는 것이 무엇인지, 맞지 않는 것이 무엇인지.

물론 이 모든 건 에너지가 있어야 한다. 소설가 김영하는 절대 최선을 다하지 말고 내 에너지의 80퍼센트만 쓰라고 말한다. 우리가 인생을 살면서 어떠한 사고나 재난을 당할지 모르니 이에 대비하려면 평소에 에너지를 비축해 두어야 한다고. 에너지를 일찍 소진해 건강도 망치고 인생도 어그러진 느낌이 든다면 회복도 쉽지 않을 테니까. 슬프게도 대한민국은 100퍼센트, 아니 120퍼센트 에너지를 쏟으며, 안 되는 걸 되게 만드는 사람들로 가득하다.

실제로 나는 그렇게 얻으려 애썼던 것들은 이루지 못했

다. 오히려 '되는대로 해보자'는 마음가짐으로 했던 일들이 좋은 결과를 얻었다. 음악치료가 그랬다. 어릴 때 계획 세우기를 좋아했던 나는 일순간에 그것이 쓸모없게 된 이후, 다시는 계획 따위 세우지 않는다. 우연히 음악치료를 시작하면서 당장 내 앞의 것을 해결하느라 순간순간 최선을 다하고 보니 어느새 길이 만들어져 있었다.

다시 시작하고 싶은 사람들도 있을 테고, 이미 하고 있는 일에 매너리즘을 느끼는 사람도 있다. 아직 두려워 시작조차 못 한 사람 역시 있을 것이다. 다시 시작하기엔 나이가 너무 많다며 후려치기를 당하는 사람들도 많다. 나는 '금수저'가 아니라 실패하면 안 된다는 사람도 있다. 그런데 이미 알고 있지 않은가. 돈이 있다고 모두 성공하지는 않는다. 인생, 체력, 인맥, 타이밍 모든 것이 맞아떨어져야 한다. 세상을 살면서 옳다고 믿는 가치, 나에 대한 믿음, 타인에 대한 존중, 삶에 대한 태도가 한 인간의 후광으로 뿜어져 나올 때 비로소 자격이 된다. 결국 나라는 중심을 단단히 잡는 게 더 중요하다.

연습의 과정은 인생을 닮았다. 성공의 경험은 수많은 실패의 경험 속에서 이루어진다. 중심을 잡는 성공의 경험이 쌓이면 자존감이 상승한다. 연습실에서의 좌절과 실패 경험은 무대의 예견하지 못한 상황을 맞닥뜨렸을 때, 극복할 수 있는 여러 플랜 B 중 하나가 될 수 있다.

인생에서의 연습은 보통 학창 시절에 이루어진다. 학습에 관한 성공의 경험들이 쌓여 자기 효능감이 발생한다. 어린 시절 만났던 친구들과의 관계 맺기 경험을 통해 사회로 나가기 위한 연습을 한다. 관계 맺기의 성공과 실패로 좋은 친구와 나쁜 친구, 또는 나와 잘 맞는 친구를 찾는 기준을 갖게 된다. 또 연애 경험을 통해 '똥차'와 '벤츠'를 구분하는 눈이 생긴다.

그렇지만 실력은 연습을 한다고 수직 상승하는 것은 아니다. 쭉 늘다가도 정체기가 있고, 다시 늘다가도 방심하면 실력이 줄어들 때도 있다. 이때 주의해야 할 것은 평균의 실력을 유지하는 것이다. 위기가 닥쳐도 흔들리지 않을 코어의 힘. 이것이 인생을 휘둘리지 않고 덤덤하게 살아갈 수 있는 힘이 된다.

요새 나는 내가 좀 마음에 든다. 비로소 인생의 허들을 한 단계 넘어선 내가 대견하다. 포기하고픈 유혹에 덤덤한 내가 꽤 좋다. 자신에게 다시 일어날 수 있는 기회를 박탈하지는 말았으면 한다. 실수할 기회는 그다음 성장의 동력이다. 한 시절의 도화지를 넘기며 그때의 나를 있는 그대로 인정해 본다. 우리 '인생은 실전'이란 말로 스스로의 가능성을 가두지 말자. 인생을 실전이라기보다는 '과정'으로 생각하면 어떨까? 연습도 잘될 때가 있고 아닐 때도 있지 않은가. 그렇게 삶의 과정 중에서 경험하고 느끼고 깨달으며 '잘됨'과 '안됨'의 격차를 줄이다 보면 어느새 근사한 사람이 되어있을 것이다. 스스로에게 조금은 관대해져도 좋다. 마음속 조급함을 내려놓고 실패할 기회를 주었으면 좋겠다. 그리고 '나'에게 다시 시작할 기회를 주자. '일은 망해도 나는 망하지 않는다.' 이 말들은 언젠가부터 나에게 거는 꽤 쓸모 있는 주문이다.

일하는사람 #012

마음을 듣고 위로를 연주합니다

초판 1쇄 인쇄 2023년 2월 13일
초판 1쇄 발행 2023년 3월 3일

지은이 | 구수정
발행인 | 강봉자, 김은경

펴낸곳 | (주)문학수첩
주소 | 경기도 파주시 회동길 503-1(문발동 633-4) 출판문화단지
전화 | 031-955-9088(마케팅부), 9530(편집부)
팩스 | 031-955-9066
등록 | 1991년 11월 27일 제16-482호

홈페이지 | www.moonhak.co.kr
블로그 | blog.naver.com/moonhak91
이메일 | moonhak@moonhak.co.kr

ISBN 979-11-92776-38-5 03810